心に秘めたオパールは虹色の輝き

丸山珠輝
MARUYAMA TAMAKI

幻冬舎 MC

心に秘めたオパールは虹色の輝き

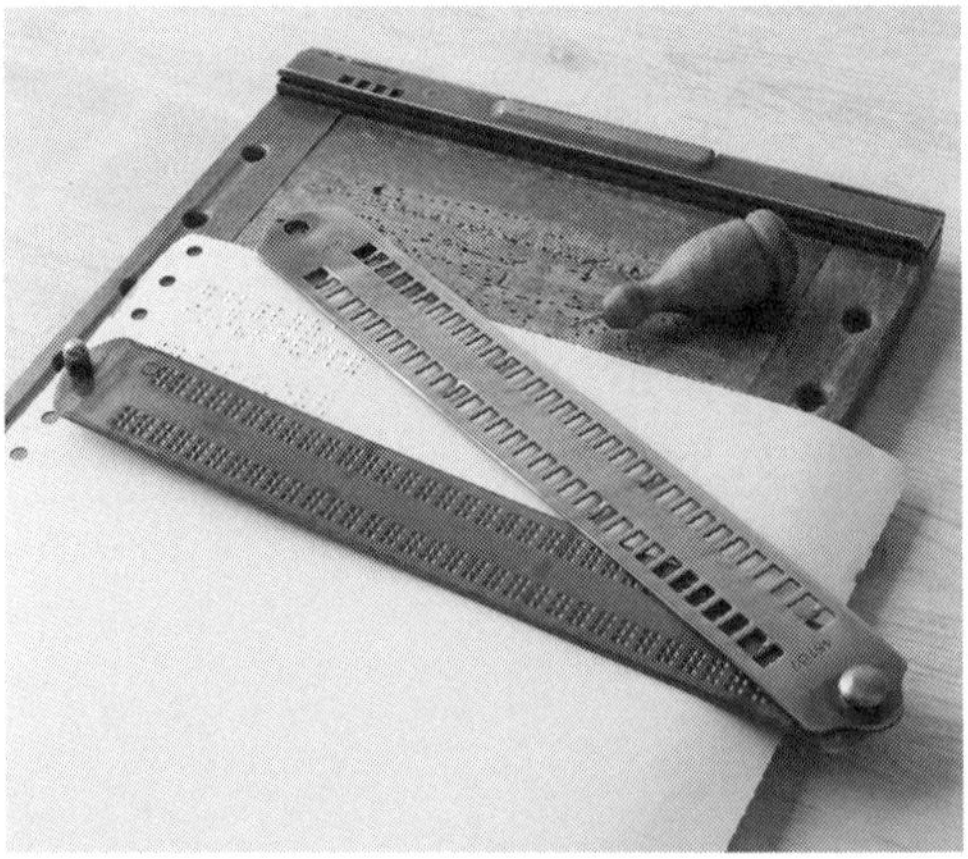

点字とは、視覚に障害があるため、通常の文字を読み取ったり、書いたりすることができない人々のため考案された文字である。六つの点の組み合わせで、一つ一つかな文字に対応している。

板に点字用紙という、点字を書くために造られた紙を挟み、金属で造られた定規を板に置いて紙を挟む。定規には横に長方形のマスが三十二文字分、横二列に並んでいる。マスにはそれぞれ縦三つの点が左右に打てるようになっている。このマスに、点筆と言う小さいキリのような物で穴を開けていく。これを外すと裏面は点が盛りあがり、決められた文字が、指先に触れて読む事ができる。

ご覧の器具を点字板と呼んでいたが、現在では点字器と呼ばれている。

おことわり

本書は完全なノンフィクションなので、不適切な表現が多々みられます。しかし時代背景及び表現を変えることによる文章への影響を鑑みあえてこの様な表現を用いたことをご了解ください。

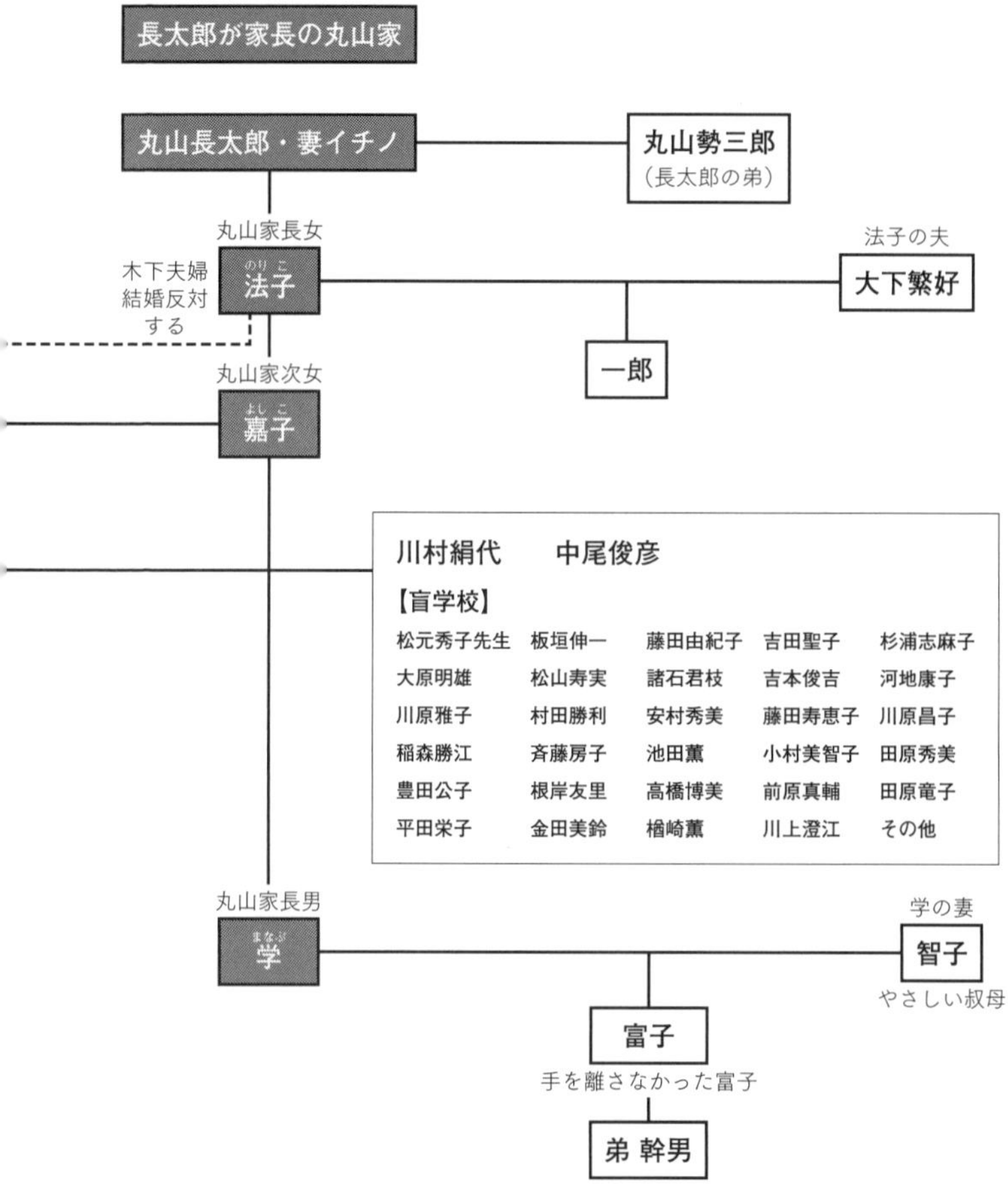

長太郎が家長の丸山家
丸山長太郎・妻イチノ
丸山勢三郎
（長太郎の弟）
丸山家長女
法子《のりこ》
木下夫婦
結婚反対
する
法子の夫
大下繁好
一郎
丸山家次女
嘉子《よしこ》
川村絹代　中尾俊彦
【盲学校】
松元秀子先生　板垣伸一　藤田由紀子　吉田聖子　杉浦志麻子
大原明雄　松山寿実　諸石君枝　吉本俊吉　河地康子
川原雅子　村田勝利　安村秀美　藤田寿恵子　川原昌子
稲森勝江　斉藤房子　池田薫　小村美智子　田原秀美
豊田公子　根岸友里　高橋博美　前原真輔　田原竜子
平田栄子　金田美鈴　楢崎薫　川上澄江　その他
丸山家長男
学《まなぶ》
学の妻
智子
やさしい叔母
富子
手を離さなかった富子
弟 幹男

丸山家 関係図

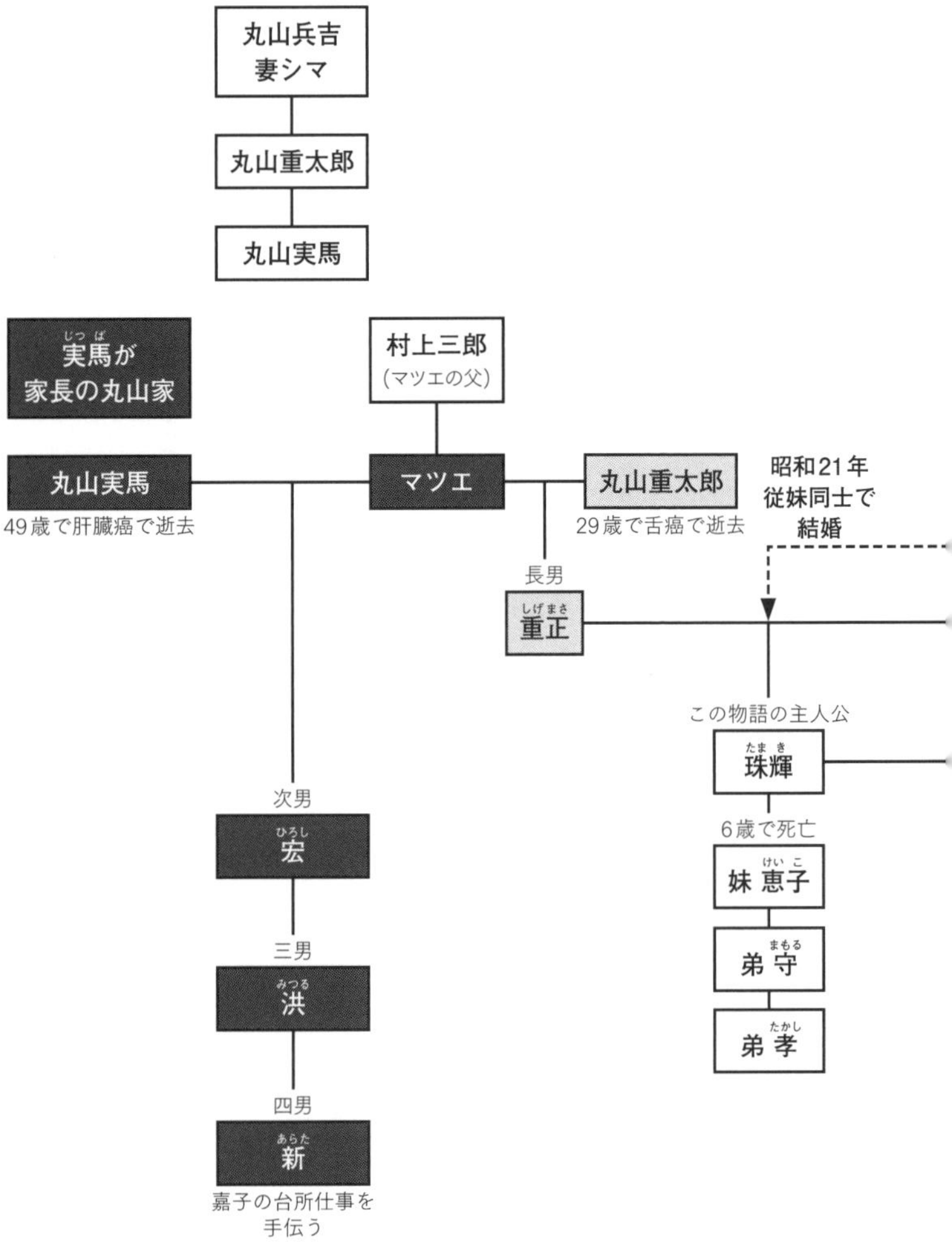

丸山兵吉
妻シマ
丸山重太郎
丸山実馬
実馬《じつば》が
家長の丸山家
村上三郎
(マツエの父)
丸山実馬
49歳で肝臓癌で逝去
マツエ
丸山重太郎
29歳で舌癌で逝去
昭和21年
従妹同士で
結婚
長男
重正《しげまさ》
この物語の主人公
珠輝《たまき》
6歳で死亡
妹 恵子《けいこ》
弟 守《まもる》
弟 孝《たかし》
次男
宏《ひろし》
三男
洪《みつる》
四男
新《あらた》
嘉子の台所仕事を
手伝う

目次

プロローグ

時は昭和二十一年。第二次世界大戦が終わった翌年、この物語は二十二歳の丸山嘉子《まるやまよしこ》が日本に帰国したところから始まる。物語の舞台は福岡県飯塚市《いいづかし》。福岡市と北九州市の真ん中にあり、当時は筑豊炭田《ちくほうたんでん》として筆者の小学校の社会科の教科書にも掲載された筑豊地方中核の都市で遠賀川《おんががわ》の周辺に広がる今も自然豊かなところだ。

丸山家は長太郎《ちょうたろう》、妻のイチノ、長女法子《のりこ》、次女嘉子、長男の学《まなぶ》の五人家族で、法子だけが結婚して大下繁好《おおしたしげよし》に嫁いでいた。歩いて行き来できるところにイチノの弟・実馬《じつま》と妻のマツエ、長男重正《しげまさ》、次男宏《ひろし》、三男洪《みつる》、四男新《あらた》の六人家族が暮らしていた。

先ずは昭和二十一年七月に丸山重正に嫁いだ次女の嘉子の話をしよう。活発で意志の強い嘉子は周囲の反対を押し切り、自分の従兄弟である重正と結婚した。

昭和二十二年八月。その日は朝からじりじりと太陽が照りつけ、汗の止まらないような日だった。丸山長太郎とイチノは、そわそわと落ち着かない。昨夜遅く、次女の嘉子が産気づいたとの知らせが届き、ふたりとも朝早く起きて学に食事を食べさせ、彼を勤めに送り出した。

　嘉子の懐妊を知った長太郎の喜びようは大変なものだった。長女の法子は嫁いで六年が過ぎたというのにその兆しさえ見えなかった。鸛《こうのとり》が先にやってきたのは嘉子のところになった状態で、長太郎にとっては初孫になる。長太郎は足取りも軽く嘉子の家に向かった。イチノは長太郎のあとを必死について歩いた。

「ギャアギャア、ギャア」

　嘉子の家の玄関前に立つと、赤ん坊の元気な泣き声が聞こえてきた。「この泣き声は女の子に間違いないやろう。」

　三人の子どもを産んだイチノの言葉には、説得力があった。

「暑いとこすいませんなぁ。」

　玄関先で出迎えてくれた嘉子の夫の重正が頭を下げた。部屋に入るとイチノの弟の実馬、重正の弟の洪と新が畳の上に座っていた。

　賑やかさと喜びが溢れる場面のはずだが、そこには外の暑さとはうって変わって寒々とした空気が流れていた。興奮している長太郎とイチノはそんなことには気付かず、早く赤ん坊が見たいがために、布団に横になっている嘉子の枕元にすり寄った。

「よこしゃんきつかったねえ。」

イチノはそういって嘉子の横で元気よく泣いている赤ん坊を見た。長太郎も同じように見た。瞬間、二人は絶句した。赤ん坊の両目には眼球がない。下瞼に火傷の時にできる火膨れのような物がぷっくらとくっついていた。

「むげないねえ。」

長太郎は目頭を押さえた。イチノも長太郎と同じように目頭を押さえた。赤ん坊には沐浴が施されたとみえ、すでに産婆の姿はなかった。ただ赤ん坊だけが生まれてきたことを憂うがごとく、腹の底から声を張り上げて泣いていた。

すると何を思ったのか末弟の新が嘉子の枕元に正座して両手を付くと

「赤ちゃん初めまして僕は丸山新です。あなたの叔父さんですからよろしくね。」

そう言って頭を下げた。

重正の末弟、新の機転は張りつめていた空気を見事に和らげるのに十分だった。

「新さん、あんた優しいね。」

目頭を濡らしながらもイチノは新に微笑みかけた。

「伯父さん伯母さん、お昼は僕が腕によりをかけてそうめんを湯がきますから待っていてくださいね。くじ運の悪い僕がなんと今日の配給で一等を当てたんですから、この赤ちゃんは福の神ですよ。それに僕が一番に赤ちゃんと話したのですからね。何でも一番はよいもんですね。」

長太郎とイチノにそう言って新は台所に立った。

やがて台所から新の軽快な歌声が聞こえてきた。

嘉子と重正がどのようにして結ばれたのか、生まれてきた子はどのように育ったのか、丸山家の話を続けるとしよう。

第1章

丸山家の人々

嘉子の帰国

昭和二十一年二月上旬。

丸山嘉子を乗せた船は釜山《プサン》港《こう》を離れ無事門司港に着いた。

「とうとう日本に帰ってきたのだなあ。」

嘉子はそっと安堵の吐息を漏らした。

騎兵として中国に送られた許嫁の重正を追いかけた嘉子は、親兄弟を振り切って看護師として青島《チンタオ》保健所へと渡った。たとえ重正と会えなくても彼が戦死したなら自分も同じ国の土になる決心でやって来たのだった。だが重正はどうやら無事帰国できるだろうとの情報を得ることができた。嘉子は一縷の望みを託し、帰国することにした。

青島には直接行けたが帰国は前年の敗戦により安全性を踏まえ、釜山港まで列車で移動しなければならなかった。それも回りの状況を判断しての走行だったため大変な時間を要した。

釜山に着いた嘉子は、故郷である日本行きの船に上手く乗船することができた。

「父ちゃん母ちゃんただいま」玄関を開けると大声で叫んだ。

「おお嘉子かや、ようもんてきたねえ」

「よこしゃん」父長太郎と母のイチノは嘉子にすがって泣き崩れた。

「まあ疲れたやろう、ゆっくり休めや。おらあ法子たちに知らせて何か美味いものでも買うてくるがや」

長太郎は買いもの籠を提《さ》げて出て行った。

嘉子も疲れが出たのか畳に頽《くずお》れた。

「よこしゃん今年の元日にまっちゃんが風邪で一晩寝込んだだけで死んだとばい。」

「えっマツエ叔母さんが。」嘉子は思わず飛び起きた。

「そうたい。四十九日法要はまだやけんど、落ち着いたら挨拶を兼ねてまっちゃんに線香でも上げてやってくれんかね。」

「明日早速行ってくるよ。けど重ちゃんが可哀想やねえ。」

重正の母マツエは嘉子の母イチノの兄重太郎に嫁いでいた。幼いころから親兄弟の為に懸命に働いた重太郎は優しい男で顔だちも整っていた。妻のマツエも顔だちといい気立てといい申し分のない女だった。見合いの席で双方とも一目惚れしたため所帯を持った二人の暮らしは正にバラ色の日々だった。更に跡継ぎの重正が生まれると重太郎にとって夢のような幸福感に包まれていた。だがそんな親子を悪魔はねじ伏せた。

重正が二歳の誕生を迎えると重太郎は舌癌という不治の病に侵され僅か二十九歳の若さで世を去った。実馬は嘉子の母イチノの弟だ。重太郎の父兵吉《ひょうきち》は跡取りの重正欲しさにマツエを重太郎の弟実馬に強引に嫁がせた。実馬は嘉子の母イチノの弟だ。だが彼はマツエ親子をまともには扱わずマツエを「こら、ブタ」と呼び、重正に対する虐待は目に余るほどだった。しかし、父兵吉はそんな息子をいさめる力は無かった。幼いころから労働に駆りたてられ実子とは比べようも無い扱いをされる重正を実馬の目を掠《かす》め庇い続けたマツエが……。

いつしか嘉子は重正に思いを馳せた。

そこへ法子夫婦がやって来た。

「よこしゃんよう帰ってきたなあ。うちはあんたと重ちゃんの無事を毎日神仏さんに頼みよったとばい。」

彼女もまた嘉子に縋って泣いた。

「嘉子さんお勤めご苦労さんでした。」法子の夫の大下繁好は年長者らしく直立不動で頭を下げた。

「まあ父ちゃんそんなに堅苦しい挨拶せんでもよかろうも。」法子の一言で座は和んだ。

そこへ買いもの籠を提げた長太郎も帰ってきた。

「今日はよい魚が手に入ったけに美味いもん作ってやれや。」

イチノと法子は台所に立った。

やがて夕餉《ゆうげ》の香りが部屋中に立ち始めたころ、郵便局に勤めている弟の学が帰ってきた。

「あっ、小さい姉ちゃんよう帰ってきたなあ。お勤めご苦労さんでした。」

堅苦しい挨拶をした割には子供の頃の癖が抜けなかったのか、学の「小さい姉ちゃん」はみなの笑いを誘った。学も今年は二十歳になる。すっかり様変わりした青年になっていた。

無事帰国した嘉子を囲んでの夕餉は心温まる楽しい時間だった。

次の朝、嘉子は早速重正の家へ向かった。

「実馬叔父さんただいま。」

「おお嘉子か、無事帰れてよかったなあ。重正には会えたか。」

「それが中国の広さは日本の二十六倍もあるそうでここから隣町の田川や直方《のおがた》に行くような訳にはいかんとよ。重ちゃんには会えんかったけど必ず帰れるだろうという情報を信じてうちは帰ってきたと。それより叔母さんは大変やったね。」

嘉子はマツエに線香をあげた。

「ああ、まさかあんなにあっけなく逝くとは思わんかった。それより俺は体が弱いし重正には早く帰ってくれんと困るんだ。あいつ兵隊に行ってからというもの、ろくに送金もしてくれんでな。洪や新は大学にやらんといかんのに、宏ひとりにぶら下がるわけにはいかんからなあ。」

「大学に？」

「そうだ。今からの男は大学を出てないと出世できないからなあ。それから嘉子、重正が帰ってきたら一日も早く嫁に来てくれよ。待ってるからな。」

嘉子は叔父実馬の身勝手さに早々に腰を上げた。

一歩踏みだし重正を待つ嘉子

家に帰ると、法子が嘉子の帰りを待ち構えていた。嘉子は実馬との話を全て三人に話して聞かせた。

「うちも重ちゃんからいろいろ聞いていたけど、まさかあれほどとは、叔父さんは本当に鬼やね。」

嘉子の胸はまだ怒りで煮えたぎっていた。

「よこしゃん重ちゃんの嫁になんかなったらいかんばい。あんたの苦労が目に見えとるが。行きなんな、行きなんな。」

母のイチノが口火を切ると

「そうばいよこしゃん。あんたと重ちゃんは従兄弟同士やろう、うちの人が言うには鹿児島ではそんな結婚は絶対させせんとばい。従兄弟同士の結婚は血が濃すぎるから障害のある子供ができるらしいばい。もしそんな子ができたら丸山家の恥にもなるし、うちとこにも迷惑がかかるとばい。うちに子供ができたらその子の縁談にも差し障りができるとばい。」

三人の間に深い沈黙が流れた。

「うちはみんなの反対を押し切って重ちゃんを追って青島まで行ったとよ。そりゃああの時は確かに若気のいたりだったやろう。けど今は違う。叔父さんに会って重ちゃんとマツエ叔母さんがどんなに辛かったやろうと初めて心底分かったよ。それを思うと重ちゃんが可愛そうで涙が出るよ。うちも貧乏やけどそんなに辛いとは思わんかった。そりゃあ父ちゃんがよく仕事を休んだり、母ちゃんと喧嘩するのを見るとは嫌やった。でもうちは本当の親子やから兄弟に差別されたこともないし、父ちゃんたちが仕事に行ったら姉ちゃんを中心に力合わせて家を護ったから辛くはなかったけど、重ちゃんは働かされるばっかりでいつも独りぼっちやったとよ。その癖、叔父さんは働かせたお金は全部取り上げてろくに重ちゃんに小遣いもやらんで我が子には服を三枚ずつ買ってやっても重ちゃんには一枚しか買ってやらんかったとよ。それでもマツエ叔母さんは何にも言えんかったと。最後の面会日さえ誰もやらんかったやろ。あの時重ちゃんにはうちがそばについてやろうと決めたと。終戦前に帰ってきたやろ、うちも重ちゃんと一緒に中国で死ぬつもりで最後の帰国の覚悟やったとよ。」

嘉子はわっと泣き伏した。

「父ちゃん母ちゃん姉ちゃん、うちが重ちゃんと結婚して障害児ができたらあんたたちと縁を切って重ちゃんと二人でその子をしっかり育てていくよ。」

「嘉子。」長太郎の目は濡れていた。

「我がそないな優しい子でおらは嬉しいがや。法子、我の言うのもわからんではないが、これも蓋を開けてみんことには何とも言えんがや。それになんや知らんがおらを筆頭に法子のとこの繁好も一人やし重正も一人。そんな中やけん何があっても仲良うしていこうやないか。」

「うちの人はどう言うか知らんけど帰るばい。」

法子は立ちあがった。何故かイチノも法子に続いて家を出た。

「嘉子、何事も宿命と思うて受け入れるんじゃ。あんまり気にするな。」

長太郎の一言は嘉子の胸に染みた。嘉子はじっとしてはいられなかった。重正を待ちながら以前勤めていた有松病院と助産婦の藤島紗枝《ふじしまさえ》にも頼んで産院にも勤めさせてくれるよう訪れると、双方とも快く引き受けてくれた。早速彼女は勤めに出ることにした。

丸山重正の帰国

「班長どの、まっこと日本に帰れるんですなあ。」

浅野《あさの》塚造《たくぞう》が感慨深げに呟いた。

「ああもうすぐだ。みんな心を一つにして最後までついてきてくれたからだ。わしは嬉しかったぞ。おかげで梶本班の七人は日本の土が踏めるのだ。」

昭和十七年六月に香川県善通寺市に送られた丸山重正は第40師団の騎兵に属し、13連隊鯨部隊に配属され、戦地に赴く頃には梶本班の一員だった。坂出の港から乗船した頃は鯨部隊も五千人がいたのに帰国時の乗船はわずか六十三人だった。

ただ鯨部隊の半数は後にフィリピンに送られたから正確なことは分からない。まして二万人からいた第40師団は戦いの最中アメーバ赤痢に襲われ多数の兵が命を落とし、さらに昭和十八年三月に砲兵隊が切り離されて31連隊となり、馬の調達も困難となって騎兵隊も壊滅した。そんな中で梶本班は戦死はともかく一人も欠けることなく帰国できたことは、彼の人望の厚さに依るものだろう。

だが梶本班とて最初から足並みが揃っていたわけではなかった。種を明かせばこのメンバーのそれぞれが多かれ少なかれ班長には世話を掛けている。酒癖の悪かった古参兵の浅野は連隊長の新車を海に投げ込むし、現地出発日がきても一人の面会者も来なかった重正の沈みきった様子に梶本班長は彼の心をほぐしてくれたのだ。

やがて船は中国華中の揚子江を遡り、ブンショウという港に着いた。兵舎に入り一息つくと班長は彼を人気のない場所に連れ出した。

「貴様の所には誰も面会者が来なかったようだな。許嫁も来なかったのか。」

「来なかったであります。」

「そうかそれで貴様の顔は死んどるぞ。なあ丸山、許嫁は貴様の出発を知らなかったのではないのか。貴様の征露丸事件を見ても女が心変わりしたとは思えんぞ。丸山、本気で惚れた女なら一度はとことん信じてやらんか。」

梶本に諭された重正も言われてみれば納得できた。検閲の事を踏まえて嘉子に便りを出さなかったのだ。それでは嘉子にも出発の日など分かるはずがない。納得した重正は心を救ってくれた梶本に感謝するとともに彼に応えるように働いた。

いつも孤独を味わっていた重正にとって梶本はまさに兄のような存在だった。征露丸事件というのはこうだ。

坂出に着いた次の朝、

「私物を持たずに全員集合。」

という命令でみなが走り出したとき、彼は嘉子がくれたその瓶を股間にはさんだままだった。走り出したとたん、廊下に滑り落ちて征露丸の錠剤が一面に散らばり、彼は堂々

とそれを列から外れて拾い始めたのだ。ビンタは言うまでもなかったが、

「貴様何故そんな物を持ってきた。」

「はあ、自分の許嫁は看護婦をしておりまして、水あたりにでもなり陛下の迷惑にならないようにと持たせてくれたであります。」

訳を聞いた上官は彼の勇気をたたえてくれた。

これを機に各班で彼を取り合ったというから何が幸いするか分からない。そんな珍事を起こしながらも昭和二十一年五月十二日、鯨部隊の一行は上海の飯田桟橋から長崎県佐世保港に向かった。佐世保港に着いた梶本班の一行は再会を誓ってそれぞれ離れていった。

四年ぶりの再会

「おっかちゃんおとっちゃんただいま帰りました。」

勢いよく家の中に向かって声を掛けると

「あっ、あんちゃんお帰りなさい。」

末弟の新が駆け寄った。

「おお、新！　おおきゅうなったねえ。」

重正が家を出たころの新は十一歳の少年だったが今ではかなり背丈も伸びていた。

「おお重正、お前の帰りを今か今かと待ってたぞ。」

重正の声を聞きつけた父、丸山実馬（丸山イチノの弟）が奥から現れた。

「二月には嘉子も帰って来たから安心しろ。」

「嘉子さんが帰ってきたならよかった。同じ中国にいても会えんかったからなあ。」

「そうらしいな、嘉子もそう言うとった。お前たちが帰ってきたのだから早いとこ祝言を上げんといかんなあ。」

重正はいつの間に実馬がこんな優しい事を言ってくれるようになったのかと内心驚きはしたものの悪い気はしなかった。

「まだ帰ったばっかりやからなあ。それよりおっかちゃんの姿が見えんがどうしたと。」

「マツエは今年の元日に死んだ。風邪をひいて一晩寝ただけでなあ。まさかあんなに早く行こうとは思わんかったぞ。」

仏壇の新しい白木の位牌が重正の目を射貫いた。

「おっかちゃんが死んだ。おれはおっかちゃんのために気持ちを奮い立たせて懸命に帰ってきたのに。」

出発する日、「重ちゃん必ず生きて帰ってきてよ。」

彼の耳元で囁いた母の体の中に染み入るような寂しげな顔が思い出されたのと同時に、彼の体内から何かが音を立てて崩れると、頭の中が真っ白になり、彼は食事も喉を通らずただ天井の一点を見つめて何もする気が起こらなかった。

そんな日が一週間ほど続いた。そしてとうとう実馬の堪忍袋の緒が切れた。

「重正いつまでグズグズしとる。男のくせに女々しいぞ。貴様がめそめそしたところで死んだ者が生き返るわけないだろう。来年は洪も大学受験というのに貴様に無駄飯を食わせるような余裕などうちにはないんだぞ。それに貴様は兵隊に行ってからというものロクに送金もしなかったではないか。早く炭鉱の坑内にでも勤めて嘉子と所帯を持って弟たちを助けようとはしないのか。お前が兵隊に行ったばっかりに宏は可愛そうに大学にもやれんかったのだ。

そんな宏にぶら下がる訳にはいかんだろう。さっさと尻をあげんか。」

さすがの重正も実馬の顔を見る気がしなかった。あるのはただ悲しみだけだった。

「おとっちゃん、金は毎月欠かさず送ったばい。」

「それなら何故つかんのだ。分かったような嘘をつくな。」

重正は一刻も早く家を出たかった。足はいつしか嘉子の家に向いていた。嘉子の家に近づくと、長太郎は薪割りに精を出していた。

彼の後ろ姿を見た途端、重正の胸にこみ上げるものがあった。その瞬間長太郎もふり向いた。

「おお重じゃないか。ようもんてきたねえ。」

と同時に大粒の涙を長太郎は地面にぽろぽろ流した。

「早うあがれや。われの帰りをどれだけまっとったか。」

「まあ重ちゃんよう帰ってきたなあ。嘉子もそろそろ帰ってくるからな。」

イチノの目も濡れていた。

そこへ嘉子が帰ってきた。

「し、重ちゃん。」

嘉子は重正に取りすがって泣いた。

「おらあ法子たちに知らせてうまいもんでも見つけてくるがや。重も疲れとるけにうまいもん食わせてやらんとなあ。」

そう言って長太郎は買いもの籠を下げて出て行った。

「重ちゃんいつ帰ってきたと。」

「一週間前たい。早う来るつもりがおっかちゃんがなあ。」

重正は目を伏せた。

「そうたい叔母さんがねえ。うちもびっくりしたよ。」

そこへ法子夫婦と長太郎が帰ってきた。

「まあ重ちゃんよう帰ったなあ。」

法子も重正に縋って泣いた。

「重正さんお勤めご苦労さんでした。」

繁好は直立不動で挨拶した。長太郎はイチノに買いもの籠を渡しながら、

「今日は鶏を分けてもろうてきたがや。卵も産みたてじゃから早う食わせてやれや。」

三人の女たちは台所に立った。やがて夕餉の薫りが部屋中に漂い始めたころ、学が帰ってきた。

「あっ重正さん。お勤めご苦労さんでした。小さい姉ちゃんよかったなあ。」

学の一言で座がほぐれた。それだけに重正の胸を締め付けた。

「俺のためにこんな御馳走をしてもろうて。」

それだけ言うのがやっとだった。

「いやいや重が元気でもんて来たんじゃ、精出して食うて泊まって明日いねや。」

長太郎はどこまでも優しかった。空には満天の星が輝いていた。

第2章

実馬の陰謀

繁好の忠告実らず

次の朝の食卓はにぎやかだった。丸山三姉弟に娘婿、それに重正が加わったのだ。何よりにぎやかな事を好む長太郎の目尻は下がりっぱなしだった。

「なあ、小さい姉ちゃんが結婚したらおれが一人になるけん寂しゅうなるなあ」

「まあちゃん何言うね、あんたも嫁さんもらって子供ができたらこんなもんじゃないとよ。毎日悲鳴を上げるくらいにぎやかになるとよ」

「俺にそんな日が来るやろうか」

「またそんなことを言う。まあちゃん早くせんとバスに遅れるよ」

「ああそうや、行ってきます」

学は慌てて家を飛びだした。そんな情景に重正の目が潤んだ。

「俺にはこんな楽しい日が何日あったろう」

そんな重正の横顔をさっきからちらちらと法子は眺めていた。

重正に伝えなければと思いつつ、どうしても言葉が喉に張り付いたようで、話しかける事ができないのだ。夫の繁好は昼からの勤めだったし嘉子は非番だったので後始末が済むと女たちも一息ついていた。

「ごめん！」

いきなりガラリと玄関の引き戸が開き、実馬が顔をだした。

「実馬はん、こない早うどうしたがや」

長太郎が口を切った。

「まあ叔父さんあがらんね。」

「ああ」

法子の誘いに実馬は上がり込んだ。

「丁度よかった。兄さんも姉さんも揃うとるから話が早い。実は嘉子を重正の嫁にもらいたいと思って頼みに来たとたい。おそらくこれが泊まるだろうと思うとったから早めに出てきて良かった。」

長太郎もイチノもあっけに取られたが、この機会を逃がしてはならないと法子は意を結して口火を切った。

「実馬叔父さんそれは止めた方がいいよ。うちの人が言うには鹿児島では従兄弟同士の結婚は血が濃すぎるから絶対させせんらしいよ。うちが重ちゃんに言いたかったんやけど言い出せんかったとよ。」

「鹿児島と福岡は違うぞ。惚れ合ってる仲を何も割く事はないだろう。」

「私の出る幕ではないでしょうが、お二人に取って危ないことは先に教えてあげなさった方がよいと思いますが。従兄弟同士が一緒になると血が濃いから障害のある子が生まれるそうです。もしそうなったら生まれた子供はもちろん、他の兄弟にも迷惑がかかるやも知れませんし、丸山家の恥になるとではないでしょうか。私はそれを心配しとるとです。」

おとなしい繁好の意を決しての発言だった。

「大下さん、これは丸山家の事ですからあんたには口出しは差し控えてもらいましょう」

「実馬はん何言うがや。」

長太郎が実馬をたしなめたが、

「そうですなあ。私は無学で礼儀知らずやもんで失礼しました。のりちゃん俺帰るけん。」

「そんならうちも帰る。」

繁好たちが帰った後に気まずい沈黙が流れた。

一方丸山家を後にした大下夫婦にも重い沈黙が流れていた。

やがて法子が立ち止まり、繁好に深く頭を下げ

「父ちゃんすまんかったなあ。腹が立ったやろう。」

繁好は「のりちゃん、実馬さんは大層頭がよいと聞いとるが私の言うことを知らん訳はないと思うがなあ。やっぱり私は学がないけん馬鹿にされるとやろうなあ。」

「父ちゃん堪えちゃんないな。よこしゃんたちは叔父さんに利用されようとが分からんとばい。実馬叔父さんは自分と我が子のことしか考えてないとよ。重ちゃんは頭はよかけどそれは知らんとやろうな。けど惚れた弱みで我がよいように解釈するとたいなあ。二人の事はもうどうにもならんやろうなあ。けど、父ちゃんよう言うてくれたなぁ。こんな大事なことは学の有る無しじゃないとばい、うちは父ちゃんに惚れ直したばい。」

そう言って法子はにっこり笑った。

「のりちゃん、そんなふうに思うてくれたら嬉しいばい。」繁好の顔もほころんだ。

二人は帰途についた。

一方重正も繁好の一言は引っかかった。

「叔父さんさっきの話は本当やろうかな」

「おらあには分からんが、子供はお神はんからの授かりもんじゃけになあ」

「そのとおり、人の運命なんぞ分かるもんか。なあ兄さん姉さんこの二人を添わせてやっておくれよ」

重正は遂に実馬が差しだした毒水に口を付けてしまった。これが実馬の陰謀と気付くには重正の心はあまりにも愛に飢えきっていたのだ。実馬のとどめの一言で先ほどの不安は吹き飛んでしまった。

「嘉子さんあんたは今の話、どう思うな。もしそんな恐ろしいことがあるかもしれんとばい。それでも俺についてきてくれるな」

「うちは重ちゃんについていくよ。子供のことは何とかなるよ」

彼はこの一言が欲しかったのだ。

「見ろ。嘉子の方が肝が座ってるじゃないか。これで決まりですばい長太郎兄さん。後は祝言の日取りだが、とにかくまず仕事をせんことにゃあ話にならん。今からM炭鉱に行くぞ」

そう言うなり実馬は重正を引き立てるようにして帰っていった。

本性を表した実馬

それから間もなく重正は以前勤めていたM炭鉱に戻り鉱内夫として働き始めた。戦前から勤めていたため特例として勤務が延長されたようだ。そうなると祝言もすぐだった。昭和二十一年七月三十日、二人は式を挙げた。この日は法子夫婦と同じ日で、姉夫婦のように仲睦まじくいくようにとの長太郎の考えだったという。

重正二十五歳、嘉子は二十三歳だった。

まあ何とかなるだろうと、ややのんきに構えていた嘉子だったが、いざ嫁いでみると毎日目の回るような忙しさだった。職業婦人でならした嘉子は台所に立つことがほとんどなかったから、その仕事から覚えなければならなかった。

最初はなんといってもご飯の炊き方だ。当時の主婦にとってこれが最も難しく、これさえ身に付ければあとは何とかなろうというものだ。そんな嘉子の助け人が新だった。彼は母亡き後、その悲しみを癒やす手段として家の台所を担当することにした。彼はよく母のやっていることを見ながら結構手伝ってきたので、それほど苦労しなくてよかった。

既に彼は台所に立って半年以上過ぎていたので嘉子には実に親切な指導者だった。おかげで彼女も何とか主婦としての仲間入りができた。やがて嘉子は身ごもった。この情報はたちまち丸山家と大下家に伝わった。これを誰より喜んだのが何と言っても長太郎だった。彼は初孫を見ることが心底嬉しかったのだ。

ところが大下家は違った。法子と繁好二人の間に沈黙が流れていた。二人とも黙っている。何ともしがたい沈黙の時間。やがて繁好が口を切った。

「嘉子さんにとうとう子供ができたらしいな。」

「そうたい、うちもびっくりしたとよ。」

「嘉子さん産むやろうからなあ。元気な子ができるとよいが、障害児ができたらあの人たちだけの事では済まんことになるとやけどなあ。」

「父ちゃんがしっかり反対すればよかったとやけど、先に立ってよこしゃんの肩を持って、たきつけたけん、今となったらどうしようもないけんね。神さん仏さんに流してもらうように頼むしかないやろうな。」

二人は溜息ばかりついていた。数日たって重正は実馬に呼ばれた。

「重正、嘉子に子供ができたそうだな。」

「そうたい、俺もびっくりしてなあ。まだ物が少ないけん子供の物が揃えばよいがなあ。」

「重正その子は産んじゃならん。早いとこ下ろすんだな。」

「おとっちゃん。」

重正は思わず我が耳を疑った。

「おとっちゃんこの子は俺たちの初めての子ばい。何で下ろさないかんとね。」

「お前たちは血が濃すぎるから間違いなく障害児ができるだろう、そんなことになったら子供が可愛そうだろうが。これも親心だ。」

「けど世の中にはそんな人も大層いるやろ。もしそんな子ができたら、俺たちが身の立つように育てるたい。」

「重正、おまえ自分たちの事だけを考えちゃいかんぞ、お前には三人も弟がおるんだぞ。その子のために弟たちに嫁の来てくれてがなかったらどうするんだ。障害がある子供を産むということは丸山家の恥になるんだぞ。大下さんも言うてただろうが。」

「そんなら何であの時そう言うてくれんかった。」

「そりゃお前たちを一緒にしてやりたかった親心ではないか。子供が欲しければ養子をもらうという方法もあるんだ。洪と新が大学を出てからゆっくり考えればよいことだろう。

今はあれたちの学校のことを第一に考えてやるべきではないのか。」

　重正の中で何かがはじけた。あまりの実馬の身勝手さ。重正は実馬を見据えて言った。

「おとっちゃん、今まで俺はおとっちゃんに逆らったことは一度もなかったけど今度ばっかりはおとっちゃんの言う事を聞くわけにはいかんばい。おとっちゃんは俺を一度でも可愛いとは思ったことはなかったやろう。それと一緒で俺も洪たちより我が子が可愛いとは当たり前やろう。それにこれからも子供を産むななどと嘉子に言えるわけないやろう。何でもかんでも俺を犠牲にしてきたやろうがこの子は絶対産ませるけんな。」

　思わぬ重正の反撃に一瞬実馬は返す言葉を失ったが
「重正お前戦争に行って変わったねえ。」

　実馬は紙のような白い顔になり、目は刺すようにつめたく光っていた。重正は実馬とのやり取りを当然嘉子に話し、

「嘉子お前はどう思う。俺がどう思ったところで子供を産むのはお前なんだからな。産みたくないなら止めてもよいぞ。俺はお前を縛る気はない。」

「うちはあんたについていく。けど初めての子供は下ろしたくないね。あんたが産んで立派に育てるとお父さんに言うたとやき、そうしようやないね。けどあんた、お父さんによ

う言うてくれたね。うちは嬉しいよ。」

嘉子は重正の中に男の強さを見たと思った。

「もし障害がある子が生まれてもお前と一緒に立派に育てていこう。」

二人は堅く誓い合った。その日から重正と実馬はしばらく口をきくことはなかった。だが嘉子は弟たちのために中国から持ち帰ったさらしで下着を縫って着せたり重正が他の家より坑内夫に配給される米を弟たちに食べさせていた。

鸛《こうのとり》の手抜き

歓迎されなかったことを知った鸛は完全にやる気をなくしたと見え、仕返しとでもいおうか整備不良の赤ん坊を丸山家に運んできて羽ばたいていった。何があっても取り乱すまいと堅く誓い合った重正夫婦も赤子を見た瞬間頭の中が真っ白になった。まさに机上の空論と現実とのギャップに戸惑うのも無理からぬことだろう。

さらにこの噂が町内を一回りするのにさほど時間はかからなかった。悪意に満ちた女どもが見舞いを装って赤子の顔を覗きに来るのだから天真爛漫だった嘉子がおかしくなっても不思議ではない。

「丸山さんに鬼子ができたらしいよ。目の玉がないそうらしい。見に行こうや。」

古閑《こが》幸江《さちえ》が切り出し柏村《かしわむら》佳枝《よしえ》と青柳《あおやぎ》民子《たみこ》を引き連れてやって来た。

「まあ大変ねえ。何でこんなことになったんやろうねえ、お気の毒に。私は来るのを止めようと言ったんだけどこの二人が誘うもんでついね。悪く思わないでね。御大事に。」

張り付くようなねっとりした古閑の言葉は嘉子をどれほど傷つけたことだろう。

「よこしゃん、だからうちが産むのは止めるように言うたやろう。今更殺すわけにもいかんしあんたたちが耐えていくしかないとよ。冬なら風邪をひくということもあろうけどこれだけ暑かったらこの子は育つやろうなあ。」

法子の顔には明らかに落胆の色が見えた。姉としていたたまれなかったのだろう。そんなおり重正も実馬との中の確執を取り除くのに心を砕いていた。それにはしばらく口をきかなかった実馬に娘の名付け親になってもらうことこそ最良の策ではないかと判断した。なさぬ仲だからこそ実馬をたてなければならないと彼なりの気遣いだ。

これも実馬に虐げられてきたなれの果てかも知れない。

「おとっちゃんこの子に名前を付けてくれんやろうか。」

「おお、名前か、俺は今まで男の子の名前ばかり付けてきたからなあ。まあこの子にふさわしい名前を考えてみよう。」

実馬は機嫌よく引き受けてくれた。やがて実馬が「重正、珠輝《たまき》というのはどうだろう。この子にはいろいろな困難が待ち受けているだろうが何があっても凛として立ち向かって希望を持って生きるようにな。それに丸い心で人には優しく、玉は磨けば磨くほど光るのだから目は見えなくても心は宝石のようにな。俺もこれだけ欲張って子供の名前を付けたのは初めてだ。」

実馬の顔には重正が見たことのない温和なものがあった。その日から赤んぼうは珠輝と呼ばれた。珠輝の出生間もなく長太郎は孫の無事を神仏に託すことにした。その証に四つ足を食することを一切断った。イチノも彼に従ったが彼女は子宝に恵まれない法子の身を案じてのことの方が心を占めていた。両親の心意気を知った法子も二人に同意した。彼女は子供欲しさからじっとしていられなかったのだろう。三人は滝に打たれ神仏に手を合わせることを実行した。それを知った嘉子と重正も加わろうとしたところ、

「おまえたちは珠輝のために一日でも長生きしないといかんのだ。精出してうまいもん食

べて長生きせい。」そう言って長太郎は止めさせた。

産後の嘉子はなかなか床上げができなかった。しかし一カ月もするとようやく何とか起き上がることができた。

彼女からはかつての快活さは消え失せていた。買いものに出かけても人目を避けるように歩き、炭鉱の共同風呂はいつも終い風呂を使った。当時の社宅には内風呂がなかったからだ。さらにすれ違う女たちとは極力目を合わさないよう逃げるような生活を送っていた。

仕事から重正が帰ると家はまっ暗で二人ともいなかった。

「嘉子、嘉子。」

呼んでも応えはない。

重正は線路を目がけて駆け出した。

「嘉子、嘉子。」

「ぎゃあぁ。」この世のものとは思えない不気味な叫びが遠くから聞こえた。これこそ珠輝の泣く声だと確信した重正は全力で走った。線路には珠輝を背負った嘉子が放心しきって立っていた。遠くから列車の音が聞こえてきた。

「嘉子危ない！」

重正は嘉子を線路脇に引き戻した。

それを待ち構えてでもいたかのように二人の前を轟音が過ぎていった。

「嘉子お前俺をまた一人にする気か。俺も一緒に死んでも構わん。だがそれは世間の奴らに負けることになるんだぞ。被害を受けた俺たちには何も残らんのだぞ。俺もお前も折角日本の土を踏んだのではないか。お前が変われば世間も変わる。じろじろ見る者から決して目を逸らさずに相手の目を堂々と見るのだ。

そうすると相手も無遠慮な態度は取らなくなる。そうしてこそ俺たちは世間に勝てるのだ。

今までのことは忘れて珠輝を二人で力合わせて立派に育てていこうじゃないか」

「この子の首を締めかけたけど、どうしても力が入らんかったとよ。それに連れて来た時にはよく寝ていたのにここに立った途端にとんでもない声で泣き出したとよ。」

「この子は生きたいんだよ。嘉子頑張ろう。」

重正は嘉子の肩を抱いた。

「分かった重ちゃん。がんばるよ。」

周りを変えた嘉子のパワー

次の朝の嘉子はまさに別人となっていた。

重正を勤めに送り出し後片付けを終えると、珠輝を背中に背負いバケツを提げて、共同水汲み場に向かった。当時の炭鉱社宅には各家庭に水道が引かれていなかったからこのような場所が町内ごとに設けられていた。そこには女たちがたむろし、順番を待ちながら噂話に花を咲かせるのだった。おそらく嘉子の噂でもしていたのだろう、彼女の姿を見た途端、皆おしゃべりを止めた。

「おはようございます。」

勢いよく挨拶した嘉子に女たちは驚いた。頭だけ下げた者は何人かいたものの、蜘蛛の子を散らすように去っていった。おかげで順番待ちせず楽に二つのバケツに水が汲めた。買いものに出かけても以前のように人々の視線を避けるようなことはしなかった。

古閑幸江が背中で眠っている珠輝を無遠慮にのぞき込み「赤ちゃんどお。」と言った。

「だいぶ大きくなったやろう。目は見えなくても元気に育ってくれるから何よりよ。」

嘉子が堂々ときっぱりそういうと、古閑はそそくさと立ち去った。

嘉子は珠輝を連れて風呂にも堂々と入った。そうなると嘉子を以前のように中傷する者はいなくなり、誰それが嘉子の陰口をたたいているとか、誰それが珠輝のことを馬鹿にしていたとか取るに足らないことをご注進する女まで現れた。古閑でさえ無遠慮に珠輝を見ることもなくなった。

鬼？の実馬でさえ珠輝を叱ることはなかったし、嘉子にヘレンケラーの自伝を翻訳しながら読み聞かせるのだった。さらに、

「嘉子、この人は目だけではなく耳まで不自由なのだ。だがサリバン先生の教育のおかげで世界中に名を成したのだ。珠輝には決して猫に芸を教えるような教育はしてはならんぞ。」

これが実馬の口癖となった。心に平安を取り戻した二人は珠輝を眼科医に診断させることにした。その町でも有名な眼科医に見せると珠輝を見るや大学病院の受診を勧めた。すると珠輝を担当した医師はなんと重正の先輩の中井稔だった。稔は重正が尋常小学校の三年生から四年間担任だった中井教師の息子だった。彼は父から重正の事はよく聞いていたと見え、一年生で重正が一銭洋食を始めると何人かの同級生を連れて来てくれたり、それとなく目を掛けてくれたのだった。間もなく彼は中学に入り、京大に入り医師の道に進んだ。

中井教師は重正が卒業と同時に他校へ校長として転勤したため連絡が途絶えた。この教師は幾度となく重正に弁当を差し入れてくれたのだった。こっそりとだ。

今度は娘の珠輝が稔の世話になろうとしているのだ。

「重正君、娘さんの目は大変珍しい病気で、下瞼にくっついている物が眼球になるための成分だ。今からこれを眼球になるよう成長させ、それから手術をやれば視力を得ることができる。だがそこにはとんでもない危険が孕《はら》んでいて、成功しても脳に障害が出てくるし、失敗すれば命がない。難しい選択だろうな。」

医師の言葉に二人は唖然とした。

やがて重正が口を切った。

「先輩、いえ先生が手術をしてくださるのでしたらその道を選びたいと思います。一筋の明かりでも娘に見せてやりたいのです。」

彼は苦渋の色を浮かべて言った。

「お母さんとしてはいかがですか。」

「主人に従います。娘をお願いします。」

「よく分かりました。僕も全力を尽します。だが重正君は何故こうまで苦労が多いのだろうなあ。」

稔はしんみりした口調だった。その後週一回は派手山医師に、月に一度は中井医師の診察を受けることになった。人々の思いを背に珠輝はすくすくと成長していった。

悲しみの一幕は閉じた

珠輝が部屋の中を這うようになると、嘉子は珠輝を危なくないように、ある程度動けるよう紐を長くして柱に縛り、水汲みや洗濯に出かけた。それでも時には実馬が珠輝の子守をしてくれることもあった。誕生日を過ぎた珠輝に熟した無花果《いちじく》をもいでは食べさせてくれることも度々あった。そうこうするうち珠輝の眼球も成長し入院の日取りも決まった。

若い中井医師の張り切る様子は凄まじかった。ところが入院前日に破傷風菌に犯された珠輝は高熱を発し、折角成長してきた眼球は自ら腐れ落ちてしまった。中井医師の落胆ぶりは気の毒なものだった。これで珠輝の失明は決定したのだ。そんなおり、嘉子は次の子を宿していた。その事は既に実馬も知っていた。彼は二人を呼んで、

「お前たちこれから珠輝に手が要ることになるだろうから、次の子は下ろした方がよい。今度は俺の言うことを聞いた方がよいのではないか。」

実馬にそう言われると二人は従わざるを得なかった。胎児を取り出すには月日がたちすぎていたが、二人の事情を考慮した医師は手術に踏み切った。嘉子の苦痛は大変なものだった。

取り出された胎児は既に形が整っており、しかも男の子でその子は立派な目を持っていた。この時ばかりは重正は嘉子のベッドにもぐり号泣した。この時以来彼は珠輝に対する感情の変化が起きたのではないだろうか。年が明け昭和二十四年となった。

この年、実馬の二人の息子は大学の受験を控えていた。洪は昨年珠輝の泣き声が五月蝿《うるさ》いと怒鳴り嘉子を困らせたくせに国立大を受けて見事失敗し、今年は末弟の新と二人での受験だった。

このような状況の中、実馬が倒れた。実馬は肝臓癌に犯され、余命数カ月という診断を受け即入院となった。実馬という人は偏屈者であっただけに芯は強く、そんな診断を下されても取り乱すことがなかった。

だが彼とて並みの人間だ。病室で聖書を読み牧師の話を聴き、遂に洗礼を受けた。さらに息子たちへの英語指導も怠らなかった。彼等も父の教えをよく学んだ。そんな実馬を珠輝を連れて嘉子は毎日見舞った。珠輝は祖父の横に寝かせられ嘉子に弁当を食べさせてもらうのだった。その度に祖父は、

「お爺ちゃんはお星様になって珠輝を守ってやるからね」

それが口癖だったという。

さらに彼は重正夫婦に弟たちを大学にやってくれるように懇願した。重正は必ず大学に行かせるから安心するようにと応えた。

ある日珠輝は「爺ちゃんにキャラメルやろう」そう言って嘉子に導かれて祖父の大きな手にキャラメルを載せた。それが珠輝と祖父との最後の瞬間だったのだろう。祖父には申し訳ないが、珠輝は祖父の横で弁当を食べていたことと祖父の大きな手にキャラメルを載せたことしか記憶になく、彼の声は全く記憶にない。

昭和二十四年の六月、丸山実馬は四十九歳の生涯を閉じた。

第3章

重正の船出

大空の鷲《わし》のように

実馬の死で重正は大空に羽ばたく鷲のようにハツラツとしてきた。この二十数年、彼には金銭的なことはもとより、生活のすべてを実馬に牛耳られてきたのだから、少々タガが外れてもやむを得ないだろう。

弟たちもそれぞれ大学に入り、重正にはようやく親子水入らずの暮らしが訪れた。だが彼は決して家庭的な夫ではなかった。嘉子が薪割りをしようが水を汲みにいこうが手伝うことはなかった。人に誘われて何処かに出かけて何日も平気で家を空けることも度々だった。そんな時、会社に連絡して断りを言うのが嘉子の役割だった。だが彼女はそんな重正を大目に見てきた。

さらに、いつの頃からか重正は「珠輝のために」という理由をつけて、仕事のかたわら電気工学を独学し、電蓄やラジオを組み始めた。元来、彼はこのような才能に富んでいたのだ。時々電蓄を父がかけてくれることを珠輝はいつしか待ち望むようになっていた。だが彼女はレコードをかけて欲しいと父にねだるような事はなかった。何故か父には近寄りがたい雰囲気があった。そして父親自身も、娘に話しかけることは多くなかった。まさか無残にも葬られた子を思い珠輝が疎ましかった訳ではあるまいが、その理由もわからなかった。

同僚の炭鉱夫たちがラジオや電蓄の組み方を習いたいと家にやって来るようになると、重正は自宅の一部屋を仕事部屋に仕立てた。

そこに珠輝が入ることは禁じられていたが、珠輝にとって自分の玩具意外の物には興味がなく、機械類は不気味な物にしか捉えられなかった。珠輝は犬や猫などの動物は好きだった。

珠輝の心の何処かにはいつも温かい物を欲していたのだろう。

珠輝は父や母からよく頭などを打たれていたようで、大人の声を聞く度に両手で頭を覆う癖があった。その原因を両親は理解することはなかった。

大勢の中の一人

昭和二十五年は敗戦の傷も生々しい日本にとって大きく様変わりした年ではなかっただろうか。配給制度がなくなったし、ラジオからは尋ね人の時間が消えた。ほとんどの兵士が復員し、経済的にも成長を遂げたのだろう。

丸山家にもめでたいことが続いた。この年の二月には長太郎に内孫ができた。一昨年嫁を迎えた学に女の子ができたのだ。さらに後を追うように法子に男の子が生まれた。子宝に恵まれなかった法子が願掛けまでして授かったのだから喜びもひとしおは元より、長太郎夫婦にしても肩の荷が下りたことは否めないだろう。

学の子は富子と名付けられ、法子の子は一郎と名付けられた。嫁の智子は学と同じ郵便局に勤めている。イチノは「もらい乳」をするため、富子を背負い法子の家に通うのが日課となった。この時代、もらい乳は女性同士の助け合いであり、めずらしいことではなかった。長男の学夫婦に経済的に寄りかからなければならなくなったイチノには、やり甲斐のある役目だった。

そのかいあって二人ともすくすくと成長した。

秋も深まり長太郎には嬉しい訪問者があった、十数年来会わなかった弟の勢三郎が大阪から訪ねて来た。

彼の喜びは大変なものだった。嘉子夫婦にも呼び出しがかかった。嘉子も叔父に会うのは子供のころ以来だ。長太郎の身内が全員集まるとかなりの人数になる。だが彼はこうしてみなが集まることにこよなく喜びを覚えるのだった。

「兄さん達者で何よりやなあ」

「ワレは、よう来てくれたねえ。おら孫が三人できたがや」

「兄さんも苦労した甲斐があったなあ。学も立派になったねえ。それに可愛い嫁さんももろうてよかったがや。法子にもよい子が授かってよかったねえ。」

伊予弁丸だしの二人の話が弾んでいる所に嘉子たち親子がやって来た。

「叔父さんお久し振りです。」

「おお嘉子、よう来てくれたねえ。」

「初めまして嘉子の夫の丸山重正と申します。」

「あんたが重正さんかね。」

勢三郎は重正をちらりと見、さらに珠輝を見た瞬間

「この子が嘉子の子かや。」

「珠輝叔父ちゃんにご挨拶は？」

「こんばんは。」

だが勢三郎からは言葉は返ってこず、今までにぎわっていた座は急に白けた。勢三郎は珠輝をじっと見据えしばらく沈黙した後、

「兄さん、わしもこれだけ生きたけにもう思い残すこともない。子供たちも大きゅうなったし、わしは家にいても邪魔になるばっかりや。この子がいては嘉子が可哀想やさかい、この子はわしが始末してやろうか。障害児を殺した所でそんなに重い罪にはならんと聞いたことがあるけに臭い飯もそう長いこと食わんでもよいかも知れんがや。この子が大きゅうなってかたわらの親戚のことを考えて自分の身の始末を付けるような頭があればよいが、のうのうと生きたならお前たちの子供たちに迷惑がかかるんだぞ。」

嘉子は背筋に寒気を覚えた。

「叔父さん私の心配をしてくれるとはありがたいけどこの子はしっかり育てて、みんなの迷惑にならんように私たちが考えるから叔父さんに迷惑は掛けられんよ。それより折角遠

いところから出て来たんだからゆっくりしていってよ。明日は重ちゃんが早番だからもう帰るからね。叔父さんもお達者でね。」

挨拶を済ますと重正親子は長太郎の家を出た。

二人の中に重い沈黙が流れた。

年明け早々、今度は重正に村上家から三郎の喜寿の祝いをするから二人で出てこないかという誘いがあった。だが珠輝を連れて来ないで欲しいという条件が付いていた。村上一家には子供が多いから珠輝がいじめられると可愛そうだからということだ。

村上三郎は珠輝の祖母マツエの父だから珠輝には曾祖父だ。

珠輝は長太郎の家に預けられた。重正夫婦で出かけることなどなかったろうから珠輝が預けられても無理もないことだろう。祖母の家とはいえ珠輝にとって一歳少しの二人の従兄弟に囲まれた暮らしは決して居心地のよいものではなかった。

一日二日はまだよかったが、その後は伯母法子の言葉が何故か幼い珠輝を突き刺した。

「まだ迎えに来ないね、あの人たちの呑気さには呆れてしまう。婆ちゃんにどれだけ迷惑を掛けているのか、なんてことを考えてないんやからなあ。」

どのような事を話しているのか詳しい理解はできなかったが珠輝がここでは疎まれてい

るのだということだけは判断できた。彼女は両親が一日も早く迎えに来てくれることを願っていた。だがそんな気持を大人たちに表現する術を知らなかった。二人が迎えに来てくれたのは祖母の家に預けられて一週間後の事だった。

重正一家を襲った大惨事と同居生活

長太郎の家に珠輝を預けて重正夫婦が出かけている隙に空き巣が入り、嘉子が中国から苦心して持ち帰った着物は根こそぎ盗まれた。最初に空き巣の被害を見つけたのは学だった。彼は珠輝が疎ましかったのかそれともやってくるたびに珠輝をぼやく法子の言葉を聞き飽きたのか、日曜日に富子を背負い珠輝の手を引いて重正の家にやってきて現状に気付いたのだった。

彼は早速警察に連絡し、八幡《やはた》にいる姉夫婦に警察から連絡してくれるように頼んで帰って来た。帰宅した嘉子もさすがに落胆した。そんな嘉子に重正は、

「親の前で泣き言は言うてくれるなよ。着物は必ず買ってやるからな。」

しかしその約束は果たされなかった。だが災難はこれだけでは済まなかった。人のよい重正は同僚の男の保証人を引き受けてしまい、その男が姿をくらましたため借金は彼が払わなければならなくなった。かと言って重正夫婦に貯蓄があるわけではなし、結局会社を辞めて退職金を当てなければならなかった。

そうなると早速社宅を引き払わなければならない。たちまち住むところに困った二人に助け船を出してくれたのが法子の夫、繁好だった。真面目一筋の彼はこつこつ小銭を貯めては人に少しずつ用立ててはわずかな利息をもらっていた。

そうこうするうちにある程度まとまった金ができたので、手頃な売り家を見つけいずれは借家にする予定で買っておいたのだ。彼は当分家賃は要らないからその家に住んではどうかとまで言ってくれた。重正夫婦にとっては大恩人だが嘉子は姉夫婦に対して肩身が狭くなった。

それ以来法子は暴力こそ振るわなかったものの、珠輝を言葉の暴力で苛《さいな》みつづけた。ところが引っ越しの費用もなかったのだから重正という男にも呆れてしまう。今度は学が催促無しでかなりの金を用立ててくれたのだ。

ないない尽くしの重正一家は全て嘉子の兄弟に助けられ、昭和二十六年秋、飯塚市から現嘉麻(かま)市に移った。次に重正は仕事を見つけなければならなかった。これにはやや責任を感じたのか村上家の重正の叔父に当たる人が菓子の仲卸という職を世話してくれた。だが重正の気質が影響してか家族を食べさせていくには十分な収入を得ることは難しかった。

そんなおり、長太郎の家にも変化が見えた。長年炭鉱に務めていた長太郎が退職することになった。彼も既に六十歳を過ぎているのだから当然だろう。長太郎名義で借りていた社宅を引き渡さなければならないので重正たちとの同居が決まった。

元々器用な長太郎は壁塗りなどはイチノに手伝わせ、広い屋敷に建て増ししていったため大工の手間賃もかなり節約できた。そんな中、法子が二人目の男児を出産した。やがて家の増築も完成し、昭和二十七年の秋晴れ、長太郎一家が重正親子の家に引っ越して来た。

第4章

一人になった珠輝

初めて知った我が宿命

祖父母や叔父たちとの同居によって珠輝が精神的にも、かつて経験したことのない悲しみや辛さ、屈辱を味わうことになろうとは誰が予想できただろう。いや、大人という者は児童心理学にでも首を突っ込んでみないことには理解などできないだろうし、まして障害児に対する心持ちなど解かれという方が無理だろう。珠輝が自分の意見を述べようものなら母をはじめまわりの大人に、「この子は人並みないくせに口ばっかり達者だ。」とか「こましゃくれて可愛げがない。」と言われてしまう。

目が見えないというのは大人に笑いかけることはできないし、目で話しかけることもできなくてただ言葉だけを発する子供などさぞ可愛げのないものだろう。いつも素直にただ謝っておとなしく引っ込んでさえいれば彼等には都合がよかったろう。

悲しいかな彼女は生まれつき人に可愛がられる素質など持ち合わせていなかったようだ。祖父母一家と同居するようになると今までなかった物が家の中に運びこまれ様子も全く変わってしまう。珠輝はついそれらを触ってしまい母に随分と折檻を受けるのも再々だった。

物を触るということは珠輝にとって未知の世界を知るための興味だったろうが、それを大人に理解してもらう術を知らなかった。

さらに二歳半下の従姉妹の富子と喧嘩でもしようものなら大変だった。いつだったか真冬だったことは記憶にあるが、富子と紐の取り合いをしたことがあった。それを見た母は珠輝を富子から引き離すや否やひっぱたき、衣服を脱がせるが早いか風呂場に連れていき頭から水をジャブジャブ掛けられた。

驚いた祖父が母から珠輝を引き離し衣服を着せてコタツに入れてくれた。このようにたとえ従姉妹たちに非があっても何があってもいつも折檻を受けるのは珠輝だった。両親が母の兄弟たちに迷惑をかけているからには我が子を犠牲にするしかなかったのだろう。法子の子供たちが来て珠輝の玩具を散らかしてそれを彼女が気付かなくても父は彼女のせいにして彼女を折檻したことも再々だった。だから珠輝は彼等がやってくることを好まなかった。

また母や祖母も他人に向かって珠輝を「人並みない子。」と言ってはばからなかった。それが今後珠輝が世間からどのような評価を受けようなどと考えもしなかったのだろう。

ある日、祖母が二人に五円玉をくれたので富子が紙芝居を見に連れていってくれた。この日から彼女は紙芝居を見るとき水飴やお菓子を買って食べながら楽しめることを知った。ところが終わって帰り始めるとどこからともなく石は飛んでくるし誰かが棒で叩いては「めくら、めくら」とはやし立てるのだ。

何が何だか珠輝はあ然とするばかり、富子は大声で泣きながら珠輝の手を引き走って連れ帰った。石や棒で富子も被害を受けたと思っていたのだがどうやら被害にあったのは珠輝だけだったようだ。何故自分がめくらなどと言って何もしないのにそんなことをされなければならないのか分からない珠輝は、「お母さんめくらって何のこと。」と聞いても母からも祖母からも答えはなかった。ところが紙芝居に行く度にいじめは続いた。

その度に富子は大声で泣きながら珠輝を連れ帰り、その度に大人たちにめくらの意味を尋ねるのだが答えはなかった。自分が障害児で他の者との違いを知らなかった珠輝は戸惑うばかりだった。富子と同居するまではいつも彼女は大人の晴眼者と行動していたから、いかに悪ガキでも面と向かって悪口雑言は吐かなかったからだ。また炭鉱の社宅で同じ年頃の子と遊んでもそんなことを言う子などいなかった。

ある日、富子と二人で寝ていたとき、何故か珠輝は富子の顔をそっと触ってみた。すると目を触ってみると中には球が入っていてくるくると動いているではないか。それに気づ

いた彼女は次の朝早速目の中にビー玉を入れて、

「ほら目ができたやろう、これでめくらじゃないやろ。」

母や祖母に見せても答えは帰って来なかった。それどころか折角入れた目玉は手を放せば落ちてしまうから始末に悪い。そうこうするうちようやく自分は人と違うのではないかということに気がついた。それまでの珠輝は大人になれば何でもできるようになるものと信じていた。

彼女より年上の者は何でもできて当たり前と信じていたのに富子は自分より小さいのに珠輝を紙芝居に連れていくが珠輝は富子をどこにも連れて行けないのだ。これで珠輝の疑問は何とか解決した。

富子とはこんなふうに違うのだから三輪車に一人で乗れないのだ。それで大人たちが何となく彼女に対する物言いと他の子供に対する物言いが違っていたことも納得いくような気がした。

法子伯母にとっては珠輝は厄介者でしかなかったのだろう。それに引き換え若い智子叔母はそんな珠輝をよく可愛がってくれた。我が子と同じように玩具も買ってくれた。当時を思い返せば感謝の気持ちで一杯だ。

子供たちが手に入れた丸山公園

珠輝の祖父、丸山長太郎は手先が器用で子煩悩だった。彼は孫たちのため屋敷内にブランコや滑り台や砂場を造り、数々の草花を植えたり芋や豆を作って収穫時期には富子と珠輝を楽しませてくれた。おかげで珠輝は芋類の収穫の経験や草花の名前も結構知る事ができた。

学校や施設では知る事などできなかった事を体験させてくれた祖父には感謝にたえない。

そんなよい場所を子供たちが放っておくはずがない。

何とか遊び場にできないものかとリーダー格の子供は虎視眈々と入り込む隙を狙っていたようだ。富子に近付けば良さそうなものだが彼等にとって彼女は少し幼すぎるか、あるいは他の子供と違いしっかりした身なりにいささか気後れしたのかも知れない。

そんなおり、悪ガキどもの珠輝へのいじめは彼女らに絶好のチャンスを与えた。リーダー格の子が何人かの子を引き連れて珠輝の母や祖母の所にご注進にやって来た。それによると首謀者は炭鉱師の息子で安田俊介という珠輝より年上の子だった。

父親の安田は村でも名士で頭が切れたが酒癖が悪く、そのため他の者たちはできるだけ彼との関わりを避けていた。子供とは実に正直な者で、珠輝がいくらいじめに遭っていても見て見ぬふりをしていた大人たちの名前までご注進してくれたのだ。

そうなると珠輝の母にせよ祖母にせよ、

「珠輝の所に遊びに来てやってね。」そう言わざるを得ない。

その一言を子供たちは待ち構えていたのだから、それからというもの彼等は堂々と丸山公園への出入りが自由になった。

そうかといって、両親たちも安田に抗議する事も全くなかったのだから、珠輝は子供たちに利用されたに過ぎなかった。だが正義感が強い子がいたところで相手は年上の男の子ばかりだったから太刀打ちできなかったことも否めない。ややよかったことは子供たちが一緒に遊んでくれたことくらいだろう。そのうち珠輝は自分には兄弟がいないことに気付いた。

ほとんどの子供たちが兄弟を連れて遊びに来て、誰かがある子をいじめようものなら兄か姉がその子にやり返すのだ。そんな頼もしい兄姉が珠輝にも欲しかった。舐めるように可愛がられている富子にはおよそ喧嘩などとんでもないことだ。だがそんな泣き虫富子が幼いにもかかわらず泣きながらでもいじめを受けている珠輝を連れ帰ってくれた事には感謝に堪えない。もし富子に置いていかれたなら珠輝はどうなっていただろう。取り返しのつかない怪我をさせられたところで両親たちは腰抜けだったろう。めそめそ富子こそ正義感の塊だった。

身の置き所のなくなった珠輝

やがて珠輝に兄弟が生まれることになった。それを聞かされた彼女は毎日早く生まれて欲しいと願った。昭和二十九年一月下旬、もうすぐ赤ちゃんが生まれると聞いた珠輝は生まれた時の第一声を聞こうと待っていたのだが、いつしか眠っていた。目を覚ますと家の中は何故か不気味なほど静かだった。赤んぼうの泣き声も聞こえないので

「婆ちゃん赤ちゃん産まれたと。」

「生まれたよ。」

祖母は珠輝を母の枕元に連れていった。

だが赤んぼうの泣き声は珠輝が聞いていたようなものではなく、蚊の鳴くような何とも か細い声だった。珠輝は驚いた。

「赤ちゃんの声は何でこんなに小さいと。目が見えると。」

「この赤ちゃんは弱いから大きな声が出せんとよ。おめめは珠輝と同じよ。」

珠輝は愕然とした。まさに聞いてはいけないようなことを聞いたような複雑な気持にさせられた。

「おめめは珠輝と同じよ。」

そう応えた母の寂しげな悲しげな声は今も耳に残っている。綿に包まれた小さな頭。彼女の顔をそっと触り目の所を見た珠輝は自分もこのような状態で生まれたことを確認できた。

未熟児で生まれた彼女は小頭症に未熟性隠復症という三重苦を背負って生まれてきたのだ。そのため母の乳房に吸い付く事ができなくてミルクで育てなければならなかった。彼女は離乳食もパン粥か軟らかい雑炊しか食べることができず、母は一時間近くかけて食べさせた。だがミルクは離せなかった。話すことも歩く事も見ることもできず、寝たきりの状態で六年の生涯を閉じた。それも母が看護婦と助産婦の資格を持っていたからこそあの当時自宅で育てることができたのだろう。

妹を身ごもった母はこの子は弱い子だと確信していたという。母は病院を予約していたのだが長太郎がそれを阻止した。

「珠輝が可愛そうだからそないなことすな。」そう言って止めた。

父の実馬といい母の父といい何故こう逆な結果ばかりが出たのだろう。その度に珠輝の名前が引き出されるのだからたまったものではない。だが珠輝は祖父を恨む気にはなれない。彼こそ珠輝の事を誰よりも心配してくれた人と信じるからだ。だが彼も赤んぼうを見てあ然としたそうだ。妹は恵子と命名された。

だが珠輝は祖父が恵子を一度でも抱いてあやしているところを見たことがなかった。珠輝には何故かそんな祖父の態度が子供心に引っかかった。珠輝の家ではこの頃から金銭を巡って朝食時の夫婦喧嘩が日課となった。これには父にも大いに責任があるだろう。

いくら客商売とはいえ、昼近くに家を出て夜中近くに帰ってくる。その実稼ぎは少なく祖母たちによりかかるような生活態度だったようだ。今なら珠輝も母の立場に立てるのだが、当時はたまったものではなかった。それが元で母と祖父母との争いにも発展し、とばっちりを受けるのは珠輝だ。富子の家で祖母が注《つ》いでくれたご飯を食べているといきなり来て怒鳴られたり殴られる。また、もっと始末が悪かったのは母の呼び声が聞こえなくて返事をしないとおもいっきり両方の耳を引っぱり、「この耳は聞こえんとね。」というが早いかげんこつの雨。泣きながら何を手伝えばよいのか尋ねると、

「もうあんたにしてもらうこといらん。」

こうなるとしばらくはいくら呼んでも母は返事をしてくれなかった。

このような母の言動は妹の誕生から酷くなっていった。見えない子供にとって母の言動がどれだけ過酷だったかご理解頂けるだろうか。さらに吐き捨てられた言葉に「出来損ないに死に損ない。」二人の障害児を抱えた母にとって怒りのはけ口がなかったのであろう。だがこの言葉は珠輝の心に突き刺さった。

ここまで母のことを書き出した珠輝はなんと底の浅い人間だろう。しかしここで母を弁護しておこう。

恵子は生後五十日にして急性肺炎を患った。往診に来た医師が恵子の足があまりに細いので注射をためらっていると、

「先生私がします」と言うなり医師から注射器を取り上げて娘に打ち込んだ。その姿を見た医師は母に感動して涙を流したという。本来の母はそんな人なのだ。そんな貧困の中でも何とか育ててくれたこと、さらにそんなていたらくの父に最後まで添い遂げてくれた事

には感謝だ。

激動の中で

恵子の誕生を機に珠輝の周辺でもいろいろなことが起こった。この年は本来珠輝の入学すべき年だ。自宅によく遊びに来ていた子供たちもみな小学生になった。だが珠輝には入学のことなど口にできることではなかった。

いつだったか町内会から新入生の子供たちに鉛筆が二本と消しゴムが入った筆箱が入学祝いとして配られた。珠輝は嬉しかった。

「お母さん私はいつ学校に行けると。」

何気なく尋ねたつもりだったが「うちに金のなる木でもあると思うとね。うちはね珠輝…」

それから母の小言がしばらく続いた。確かに恵子のミルク代に追われていることは分かっていたのだがまさか入学の事でこれほど叱られようとは夢にも思わなかった。

なぜならいつも「お父さんはとっても頭がよかったのに家が貧乏で学校に行かせてもら

えなかったとよ。それでもいつも学校に行きたいと思っていたのだから偉いやろう。」それが母の口癖だったから行く行かないは別として

「あんたは目が見えないのに学校に行きたいとは偉いねえ。」

母に褒められるだろうとばかり思っていたからだ。だが、それからの珠輝は学校に行けないということが恐怖になっていった。同年齢の子は揃って学校に行くというのに自分だけは行けないのだ。そうでなくても母に近所の主婦が、

「お宅は珠輝ちゃんと恵子ちゃんで大変でしょう。」

「そうよ、うちは双子といっしょで手が要る、手が要るねえ。」

それが母の口癖だった。さらに、

「桐島さんとこの雄三君は頭がよくて級長になったそうよ。親は土方《どかた》でもあんな子がいたら楽しみやろうね。」

母はこんな話をよくしたものだ。ところが珠輝は雄三君など知らないから、

「お母さん、そんな人遊びに来たことがないから知らないよ。」

「雄三君は賢いからお勉強が忙しくてあんたのような者と遊ぶ暇などあるもんか。」

これが落ちだった。幼心にも家では必要とされていないのだと思うと珠輝は悲しかった。

自分なりにいくら手伝っても褒められることもなく、あるのは母の拳固と小言の雨。さらには無言の無視。いつしか珠輝は自死を考えるようになった。珠輝の家の側に用水池があり、そこに飛び込めば死ねるのではないかと思った。その年の八月には富子に弟ができた。その子はミルクの飲み方や泣き方にしても恵子とはまったく違っていた。この子は幹男と名付けられ祖父の喜びようは大変なものだった。それを機に智子叔母は電気洗濯機を買った。当時は頭に電気という呼び名を付けたところが面白い。祖母の手間を考えての事だろうが、次の年の三月には珠輝に弟が生まれこの子は守と名づけられ、この時の長太郎の歓びは珠輝を思えばひとしおだった。おむつ屋敷と化した丸山家にとって優しい智子叔母のこの洗濯機は大変ありがたい物だった。つまり昭和三十年だ。

その年の四月から富子が叔母夫婦と飯塚市の幼稚園に通うようになり珠輝は一人残された。それからはいつも背中には恵子か弟が背負わされた。弟は健常児だったからこれもまた祖父の喜びは大変なものだった。珠輝に対する思いもあったろうからなおさらだろう。

お姉ちゃんとの誓い

富子が幼稚園に通い始めると珠輝の一日は子守とラジオを聞く生活になった。変わらないのは母の嫌みと折檻だった。或る日、聞いたことのない不思議な足音がして珠輝の家の前で止まり女の人が入ってきた。やがて珠輝は母に呼ばれた。

「珠輝、川村のお姉ちゃんが遊びに来てくれたよ。よかったね。」

人が来ると母の機嫌はそんなに悪くないから珠輝も少しは安心だった。

「珠輝ちゃんこんにちは、私は川村の絹代姉ちゃんよ。珠輝ちゃんは目が見えないでしょ、お姉ちゃんは足が悪いから仲よくできたらよいなあと思って遊びに来たのよ。」

予期せぬ事に珠輝は一瞬言葉が出なかった。

「この人は違う。」

珠輝の中で何かが囁いた。今まで会ってきた人とは明らかに違って物腰が優しかった。

「川村のお姉さんってあのお金持ちの？　君代ちゃんのお姉ちゃん。」

「そう、君代ちゃんは妹よ。」

君代ちゃんというのは珠輝と同い年だが何となく頭が高いというか、子供離れしたところがあり、この辺の子供たちとはあまり遊ばないようだった。川村さんというのは炭鉱師として成功し、村では唯一の名士だった。奥さんは特別な人としか付き合わない人だったが、何故か珠輝の家には親切だった。

珠輝の家から三百メートルくらいあるのに電話の取り次ぎをよくやってくれた。そんな家のお姉ちゃんが何故珠輝の所に来てくれたのか真相は分からないが、とにかくお姉ちゃんは優しい人でよく可愛がってくれた。初めて会った日、なぜか珠輝はこのお姉ちゃんと一緒にいたいと思った。

「お姉ちゃん、また来てくれる?」

「お天気だったら毎日来るよ。雨が降ったらお姉ちゃん足が悪いから来られないの。両手で杖を付かないといけないから傘がさせないのよ。」

「お姉ちゃん絶対来てよ。」

次の日、珠輝は半信半疑で待っていた。母はもとよりたいていの大人は珠輝との約束など守ったことがなかったからだ。しばらくするとお姉ちゃんの足音が聞こえてきた。こうして珠輝は毎日お姉ちゃんの足音を待ち望むようになった。ある日お姉ちゃんが、

「珠輝ちゃん、今日はお姉ちゃんの家に行こうか。帰りもお姉ちゃんが連れて帰ってあげるから。」

こうしてお姉ちゃんは杖を付きながら珠輝の手を引いて自分の家まで連れていき、昼食まで食べさせてくれたのだった。家の中では全て這いながらの行動だった。お姉ちゃんの家には事務員さんや運転手さんがいて、まるで童話の国にでも行ったようだった。

こうして珠輝はお姉ちゃんの家に時々お邪魔するようになった。お母さんも珠輝には親切だった。お父さんに会ったことはなかった。お姉ちゃんには君代ちゃんの他に弟と妹がいた。

またお姉ちゃんは珠輝より六つほど年上だったから他の子供と違って話が合った。例えば歌謡曲の話など富子には通用しないことだったが、お姉ちゃんはよく知っていた。それに珠輝の知らないことも教えてくれた。

この人こそ妹以外で初めて知った障害者だった。だから珠輝は誰にも話せなかったことでもお姉ちゃんには話すことができた。

「お姉ちゃん足はどうして悪くなったと。」

「お姉ちゃんは生まれつきよ。脳性小児麻痺と言って小さい頃は歩くことができなかったのよ。それで一生懸命杖を突いて歩く稽古してこれだけ歩けるようになったのよ。」

「そう、歩けるようになってよかったね。」

「でもお姉ちゃんは杖を使わないと立つことも歩く事もできないからおうちの中では這ってるのよ。」

珠輝はお姉ちゃんが気の毒だった。

「お姉ちゃん、学校に行ったの。」

「お姉ちゃんは足が悪いから学校には行ってないのよ。」

「けど、お姉ちゃん目が見えるし、足が悪くても自家用車があるから運転手さんに学校に連れていってもらえばいいやろう。」

「自動車は仕事に使うから学校に乗って行ってはいけないの。だから君代ちゃんも雨が降っても傘を差して歩いて行くのよ。けどお姉ちゃん学校に行っても杖を突いて階段が上れないからだめなのよ。」

「ふうん、そんなら勉強はしてないと。」

子供とは呆れたものだ。だが珠輝にはこれは大事なことだった。

「おうちに先生が来てくれるから字を書くことも教えてもらったの。こういう先生のことを家庭教師って言うのよ。」

「ふうん、それならお姉ちゃんは勉強してるから偉い人になれるね。勉強しないと乞食にしかなれないやろ。お姉ちゃん私は学校に行けないから乞食にしかなれないけど目が見えないから乞食にもなれんとよ。どうしたらいいやろうか。」

「珠輝ちゃんは乞食になんかなるもんか。きっとお母さんが学校にいかせてくれるよ。乞食になるのはお姉ちゃんよ。」

「家は貧乏だから学校のことを言っただけでものすごく怒られたよ。お姉ちゃん、私は目が見えないから乞食にもなれんとよ。」

そう言って涙をぽろぽろこぼす珠輝にお姉ちゃんは言った。

「珠輝ちゃん心配しないでいいよ。お姉ちゃんは目が見えるから珠輝ちゃんの手を引いてあげる。だからお米やお金は珠輝ちゃんがしっかり持つのよ。もう泣かないで二人で乞食をしようよ。」

そう言ってお姉ちゃんは珠輝の手をしっかり握ってくれた。わずか十三、十四歳の少女が七つ八つの子供を慰めるのだから大変だったに違いない。だが自死さえ考えていた珠輝を救ってくれた人こそこのお姉ちゃんだった。今思い出しても涙がこぼれる。

珠輝に春がやって来た

母の折檻こそ続いたもののお姉ちゃんのおかげで心は軽くなった。そんなおり、母に吉報が入った。山本三郎先生（舁地三郎／明治三十九年〜平成二十五年）の講演会が、珠輝が住む町で開かれることになった。山本先生というのは、福岡市南区井尻にある児童発達支援センター『しいのみ学園』を創立した教育学者で母がぜひ話を聞いてみたいと思っていた方だ。その講演会には福祉関係職員もやってきて、個人の相談にも対応するというものだった。母は川村夫人を誘い珠輝を連れて先生の講演を聞きに出かけた。川村夫人はお姉ちゃんを施設に入れる予定だったがご主人の猛反対で実現しなかった。講演が終わると母は珠輝を先生の所に連れて行き、何か話をしていたが、彼女に内容は分からなかった。

やがて先生は珠輝にむかって

「学校に行かないとだめだよ。立派な人になれないからね。お父さんもお母さんも一緒には行けないけどみんなお母さんたちと離れて一人で勉強してるんだからね。」

それを聞いて珠輝は内心喜んだ。親と離れて暮らすのならもう叱られたりぶたれたりしなくて済むのだ。さてこれを機に珠輝の福祉施設への入所と盲学校入学の話は急速に進んだ。

母は珠輝を連れていろんな所に出かけた。記憶にあるのは児童相談所で知能テストを受けに行った時のことだった。母にはどんな問題が出るやら見当がつかず、とにかく何でもよいから珠輝に教え込んだ。母は是が非でも珠輝を学校に入れたかったのだ。母こそが誰よりも珠輝の就学を真剣に考えてくれていたのだ。

「珠輝、お母さんの言うことをよ～く覚えなさいよ。○○農林大臣と××総理大臣。聞かれたらはっきり答えなさいよ。」

今でも二人の大臣の名前は覚えているものの、総理大臣は分かるが農林大臣の名前が出たのは傑作だ。ところがこれを聞いて烈火のごとく怒ったのが祖父長太郎だった。

「こないなむげない子に他人の飯を食わそうとは何という酷いことをするんじゃ、それでも親かや。」

ここに登場するのが叔父の学だ。彼はさすが官職らしく三時間ほど掛けて祖父にじっくり言い聞かせた。すると次の朝から祖父は珠輝の入学はまだ決まってもいないのに

「今度珠輝が学校へ行くがや。帰ってきたうりには偉うなっとるがや。」

そんなことを知り合いたちに言いふらすのだから珠輝にとっては、はた迷惑な事だった。

だが祖父にしてみればそれだけ彼女が愛おしかったのだろう。一方父は、この件に関しては全て母に任せっきりだった。やがて珠輝の施設入所と盲学校入学の日取りが決まった。珠輝には学校に行けるようになったとだけ聞かされた。これを誰よりも喜んでくれたのは川村のお姉ちゃんだった。

「珠輝ちゃんよかったね。お姉ちゃんが言った通りお母さんはちゃんと学校にやってくれたやろう。今度はお姉ちゃんが乞食になるかもね。お姉ちゃんはお父さんたちがいなくなったら乞食よ。」

「お姉ちゃん、私は学校に行ったら按摩さんになるんだって。按摩さんは人を揉んで病気を治すんだって。お姉ちゃんの足も按摩したらもっと歩けるようになるかもしれんね。私が働いてお金を儲けることができたらお姉ちゃんも乞食にならなくてもよいよ。一緒にご飯食べられるやろ。」

「珠輝ちゃん、お願いね。」

今度は珠輝がお姉ちゃんに誓ったのだった。二人の会話を聞いた大人たちは腹でも抱えて笑い転げるだろうか。だが目の見えない子供と足の不自由な少女との生きるための真剣な会話なのだ。

大海を目前にして

それからの丸山家は母と祖母が珠輝のため入学に関する準備に大わらわだった。蜜柑箱が用意され必要な物をいろいろ入れてくれた。当時の蜜柑箱は木製でかなり大きなものだった。箸箱、歯ブラシ、歯磨き粉、特に歯磨き粉はチューブ入りだ。貧しかった珠輝の家では高くてそんな歯磨き粉なんかめったにみたことはなかったのに、珠輝のために買ってくれたのだ。叔母の智子はこれまた見た事もない液体の立派なシャンプーを買ってくれた。川村のおばさんは素敵なフランス人形をくださった。布団も珠輝一人のものを母と祖母が縫ってくれた。さすがの珠輝も子供ながら嬉しい半面何故か申し訳ない気持で一杯だった。

これを大人たちに伝えることができたなら珠輝の株も上がったろうが、世渡り下手の彼女はその術を知らなかった。

この様子を見た伯母の法子は「珠輝が学校に行けるようになってよかったなあ。この辺でうろうろされたらうちたちも迷惑たい。この間安田の大将に、『あんたはそこそこの生活をしとるが、兄弟はなんな、上はめくらで下は寝たきり、二人もかたわがいるからみっともないばい。』こう言われたうちは恥ずかしゅうしてたまらんかったばい。」

聞いた珠輝の方が子供としてもたまらんかった。ちなみにこの伯母からは何ももらわなかった。父も珠輝のためにマイト箱（ダイナマイトの入っていた箱）にラッカーを塗って中に新聞紙を敷いた美しい衣装箱を作ってくれた。こうして準備は着々と進んでいった。家を出る数日前のこと、いつものように楽しみながら箱に手を入れるとセルロイドのキューピーさんが入っていた。驚いた珠輝が母に尋ねると、

「あんたに買うてやったとたい。」

これを聞いた珠輝は本当に嬉しかった。あの鬼の母がこんなことをしてくれたのかと思うと子供ながら胸が熱かった。既に母が鬼籍に入った今でも当時を思い出すと涙が止まらない。やがて旅立ちの日がやって来た。その日はあいにくの小雨模様の中、両親と珠輝は家を後にした。昭和三十一年五月二十日の事だった。

第5章

ふる里の岸を離れて

別世界に飛び込んだ珠輝

小雨の中、親子三人は盲学校の門をくぐった。珠輝は別の部屋に連れていかれ再び知能テストを受けさせられた。テストは幾分学校の方が難しかった。それでも教師の眼鏡にかなったのか学齢の小学三年生に入学が決まった。

本人にとっては一年生から入れてもらった方がよかったのだが、両親にとって娘が学齢で入れたことは望外《ぼうがい》の喜びだった。珠輝はほんの一瞬親孝行できたのだ。彼女は中原先生という男性教師に三年生の教室に連れていかれた。この教師は小学部の主任で珠輝たちの副担任だった。担任は全盲の家庭持ちの松元秀子先生だった。

彼女は社会で活躍していたところ視力を失い、さらに子供一人を置いて最愛のご主人が他界されたという気の毒な人だった。さてこのクラスに珠輝の他にもう一人男の子が一緒に入学した。彼はかなり視力があり、やはり嘉麻《かま》市の出身だった。席に着いた二人が自己紹介するとみなも自己紹介してくれた。

一緒に入学した子は大原明雄君と言った。これで珠輝のクラスは小学部では最も多く十四名になった。やがて松元先生が珠輝の机の前に来て、「丸山さん手を出してください。」と言った。

珠輝が手を差し出すと大きな板と金のような物とキリの短いような物が渡された。

「これは点字板と言って私たちはこれで点字を書いて勉強するのですよ。あなたも早く点字を覚えましょうね。」

そう言って先生が渡してくれた物はなんと大きくてかっこの悪い物だろうと珠輝は内心がっかりした。さらに教科書を渡されて、

「これが本ですよ。これを指で触って読むのです。速く読めるように頑張りましょうね。」

またこの本のかっこの悪いこと。Ａ４サイズほどの大きさで三センチほどの厚さはあろうかという代物だ。珠輝は筆箱やクレヨン、ランドセル、本ももっと小さな物を想像していただけにますますがっかりした。こんな大きな物がランドセルに入るわけがない。今年入学した富子のランドセルのなんとかっこよかったことか。

父はかつて点字本を見たことがあるらしく、

「点字の本は大きいからお前には雑嚢《ざつのう》を買わんといかんなあ。」

そう言ったのを思い出していた。その時、雑嚢という名前の響きが珠輝にはなんとも不

細工で嫌だった。だがこんな道具なら雑嚢でも仕方ないかと溜息が出た。だが珠輝ががっかりしたのは表面的な物ではなく、富子たちと同じものを使って勉強できない寂しさだったのだ。

授業が終わると今度は施設に行かなければならない。つまり珠輝が入る居室だ。そこに行くには廊下続きだから安心だ。

両親にとってこれは何よりありがたかったのではなかろうか。母は珠輝の手を引いて歩きながら、

「珠輝、これからあんたはこの道を覚えて一人で学校に通わないといかんとよ。」

いつになくしんみりした優しい口調だった。当時はそんなことは感じなかったのに今振り返ると鮮やかに思い出せるのが不思議だ。これこそ血の繋がりというものだろう。ありがたいことに居室は珠輝にとってほとんど曲がらなくて済んだので実に分かりやすかった。居室は十二畳の和室で珠輝が入って七人になったが担当の保母さんが入るから八人が共に寝起きすることになる。

両親は保母さんの指示に従い寝具や衣装箱を押し入れにしまいそれを珠輝に確認させた。珠輝には文机が与えられ、さっきもらってきた点字板などを引き出しに入れ、キュー

ピーさんとフランス人形を飾った。さらに洗面道具の置き場所やタオルの掛け場所などを教えて両親は帰った。

ところが珠輝が今にも泣き出しはしまいかと心配して一時間ほど様子を見ていたという。親心子知らずで珠輝は嬉しさ一杯で泣くどころではなかった。その様子に両親は安心して帰ったそうだ。さてこの部屋の担当は吉村先生という優しい人だった。部屋は中学生が二人と他は小学生だった。珠輝より下級生が三人いて、珠輝のような全盲が彼女をいれて三人いた。

ところがここに大きな落とし穴があろうなどとは珠輝に想像できるはずがなかった。

さて点字板の説明をしたいところだがここでは軽く流しておく。点字とは視覚に障害がありペンや鉛筆を使って文字の読み書きができない人のため考案された文字で、六つの点を組み合わせて一つの文字が作られる。これを板の上に特殊な定規を使って点字を書くもののことを言う。現在ではこのような道具を総称して点字器と呼び、当時は木製が主流だったが現在ではいろいろな素材で作られている。

集団生活の厳しさに戸惑いを

喜び勇んで学校に来たものの、想像と現実とのギャップに戸惑いを隠せない珠輝だった。先ず起床から消灯までの時間に合わせて行動する事から身に付けなければならなかった。家では父の帰りが遅いため、起床は九時頃で朝食も十時近かった。ところがここでは、起床は六時半。十分間で衣服を着替え夜具を仕舞い、六時四十分には部屋の前に整列し点呼を受けなければならない。その後全員で掃除を始める。

七時半から朝食で、それが済むと八時三十分には登校しなければならない。教室に勉強道具を置くと運動場に出て全員でラジオ体操を行う。それから授業が始まるのだから珠輝としてはここまでで疲労困憊だ。いつしか先生の声が遠いものになっていた。毎日兄弟を背にすり足のごとく室内を歩いていた彼女にとって、これだけの行動を起こすのは過酷だった。さらに盲学校というのに何故か生徒たちの行動は富子たちと変わらなかった。

だから彼女は運動場に出るにせよ教室に帰るにせよ大勢の生徒をかき分けるようにして進まなければならないことにも神経を研ぎ澄ませていなければ他の生徒にぶつかられる。

さらに室内で覚えなければならないところも多々あった。トイレや食堂は比較的分かりやすかったが、浴室や音楽室、雨天体操場に行くのが苦手だった。

広いところを真っすぐ歩くのが苦手で、つい曲がってしまうから目的地に外れるのだろう。クラスでも全盲と呼ばれる生徒は珠輝をいれて六人いたが、そのうち二人は通学できるほどの視力があった。他の全盲の生徒もみな活発に動いていた。

女生徒は四人いて珠輝を入れた三人は全盲で、半盲は川原雅子一人だった。川原雅子と稲森勝江は一年生から一緒だったからいつも行動を共にし、二人とも施設に入っていた。当時の施設は寄宿舎の一部を借りていたから部屋は別だが浴室や食堂、静養室など共同で使われるところも多々あった。珠輝が在学していた時代が最も生徒が多かった頃で、小学一年生から中途失明者の専攻科二部の生徒を合わせると二百五十人位はいた。寄宿舎生と施設の生徒を合わせて百八十人ほどで、後の七十人が通学生だ。施設は他にも建物の一部を借りていて、そこから視力のある生徒が二十人ほど、弁当を持って通っていた。一緒に入った大原君もその一人だった。

他にも何人かの通学生がいて、女子では豊田公子がお姉さんの送迎で通学していた。珠輝は公子や勝江たちとは肩をならべることができなくて、どうしても彼等より動作が遅かった。

　それにいろんな場所をなかなか覚えることができないこともあり、板垣伸一や三人の女子が、「丸山の鈍感がまだ音楽室覚えきらんとやが。」

「これでよく私たちのクラスに入れたね。」

　さらに就寝前の洗面をしていると川原雅子と稲森勝江が歯ブラシや歯みがき粉を隠すのだ。そんなことが日常茶飯事だった。確かに三人の女生徒たちは揃って何でもできた。特にそろばんや暗算に優れていて、九州大会や全国大会に出場していた。そんなわけだから算数担当の安枝《やすえだ》教師の熱の入れようは大変なものだった。珠輝が質問してもろくに教えてもくれなかった。途中で入った珠輝はそろばんを知らなかったから彼女らと肩を並べることができないのは当然だろう。

　そんなことも重なって、とうとう体調を崩してしまった。四十度の熱を出してしまい、驚いた吉村先生が両親に「珠輝危篤」の電報を打ったものだから両親は飛んできてくれた。珠輝が静養室に運ばれた時には既に先客がいた。斉藤房子さんという珠輝より三つ年上の全盲の人だった。母は二人の面倒を見てくれた。だが両親も珠輝にそんなに付いている訳にもいかず、熱が下がったところで帰っていった。珠輝は一旦床上げしたものの、いざ学校に行こうとするとどうしても起きることができないのだ。

頭が痛いと言えば熱を測られて平熱なら学校に行かなければならない。そこでお腹が痛いと言えば休める。だがそうなったら絶食しなければならない。お腹は空くが仕方がない。とにかく体がだるくてどうしようもないのだが、それを説明する術を知らなかった。

「きつくて学校に行けないのです。」とでも言おうものなら、

「それなら、あんたはここにいることはないのだからさっさと家に帰りなさい。あんたがたるんどるからそんな事を言うのだ。」

吉本俊吉寮長にそう脅されるのが落ちだ。確かにあれだけ母に折檻を受け自死さえ考えた家でも帰りたいと思った。だがそれは学校を辞めなければいけないということではないか。そんな恐ろしいことにだけはなりたくない。ここまで追い込まれても珠輝にはどうすることもできなかった。そのうちとうとう微熱が出るようになった。

求めていた学校はここにあった

珠輝は病院で検査を受けたもののどこから出る微熱なのか医者にもわからなかった。

「しばらく家に帰って気分転換したらどうか。」という吉村先生の意見だったが、父は珠輝を連れ帰ることはしなかった。珠輝は再び静養室に入れられた。ところがそこには斉藤房子さんを始め、他に二人の先客がいた。一人は珠輝より一級後輩の男の子、松山寿実《まつやまひさみ》ちゃん、もう一人は珠輝より四年先輩で村田勝利《むらたしょうり》さんというお兄さんだった。お兄さんは学齢よりかなり年だった。後に分かるのだがこの四人こそ全くの全盲だった。

お兄さんは先輩らしく、珠輝にいろいろなことを丁寧に教えてくれた。珠輝が入っていくと、

「また一人仲間が来たね。珠輝ちゃん、これから仲よくしようね。それから松山君はお父さんもお母さんもいなくて帰る家もないんだよ。珠輝ちゃんは来て日が浅いし病気ばっかりしているからお家に帰りたいことがあるだろうけど松山君のことを思ったら、めそめそしてはいけないよ。」

お兄さんは本当に優しく話してくれた。珠輝はこの学校に両親のいない人がいることを知らなかったから寿実ちゃんが気の毒だった。房ちゃんは寿実、寿実と呼び捨てにはしていたが、そこには何となく温かいものがあった。それに、ここには部屋にもクラスにもない何とも言えない自然な温かさがあった。珠輝は病気なのにここにいるのが毎日楽しくて仕方なかった。やがて珠輝の一言でそのわけをお兄さんが教えてくれた。

「ねえ房ちゃんまぶしいって何。」

するとお兄さんが、

「珠輝ちゃんもまぶしいのを知らないんだね。」

「うちの部屋の藤田由紀子《ふじたゆきこ》さんがわあまぶしいって言ったの。だからまぶしいって何って聞いたら『あんたまぶしいがわからんなんてたいがい鈍感やね。』って言われたよ。そうしたら吉村先生が、『珠輝ちゃんには眼球がないのよ。』『ふうん、そんな子がいるんですね。』そう言ったのよ。」

「珠輝ちゃん、・藤田さんは全盲とは言っても明かりくらいは見えるんだよ。それに根岸友里《ねぎしゆり》ちゃんも本当ねって言ったら、根岸友里ちゃんも少しは見えるんだよ。けどここにいる人たちは珠輝ちゃんと一緒でみんな生まれた時から明かりを知らないんだよ。だから珠輝ちゃん、ここは何か感じないかい。」

「わからないけど、ここはみんな優しいからとっても楽しいよ。私、盲学校っていつもここみたいに楽しい所だろうと期待して来たのよ。いつもめくら、めくらっていじめられたから盲学校ならみんな一緒だからいじめなんかないと思ってたのに意地の悪い人ばかりね。」

「そうだね。それは本当に見えない人が少ないからだよ。僕のクラスでも全く見えないのは僕だけだよ。おまけに僕は年を取って一年生に入ったからみんなに馬鹿にされてね。今でも馬鹿にされてるけどね。この連中はみんないじめられてきてるんだよ。珠輝ちゃんのクラスでも光が見えないのは珠輝ちゃん一人だよ。それに生徒から馬鹿にされると先生たちまで馬鹿にするからね。それが嫌ならうんと勉強してよい成績を取ることだよ。」

お兄さんは丁寧に教えてくれた。

お兄さんの話を聞きながら珠輝には思い当たることがいろいろあった。まず吉村先生は毎日珠輝の所に来てくれて声をかけてくれるのだが、他の人の担当の保母さんは誰も来なかった。食事を運んできたことがあったかも知れないが、枕元に置いただけで言葉はほとんどかけなかったに違いない。また珠輝にはクラス担任の松元先生がお菓子を持ってお見舞いに来てくださったからみんなに分けるととても喜んでくれた。

病気をしてもお菓子の一つもみんな持たないのだ。

「珠輝ちゃんはいいね。でも君はみんなにお菓子を分けてくれたね。だからこの四人は静養室兄弟としていつまでも仲よくしようね。」

その後お兄さんの言ったように房ちゃんとは親友になって抱き合って泣いたし、寿実ちゃんとは同級生になり二人は誰もいないときによく話した。おかげで珠輝の体調も回復していった。みんなめでたく？　全快して退室した。夏休みの近いころだった。

不思議な神様

珠輝たちの床上げを待ち構えてでもいたかのように一学期が終わった。珠輝はとんでもない立派な通知表を持ち帰った。当時は五段階評価で、一、二、一、二のまるで軍隊の行進だった。

「あんまり休みが多かったので点数の付けようがありませんでした。それに居眠りが多かったようです。」

あの優しい松元先生にこんな思いをさせなければならなかったことに心が傷む。入学し

て夏休みまで六十日しかないのにいったい何日通ったのだろう。珠輝の成績に両親はじめみなあきれ顔だったが祖父だけは、

「おおようもんてきたねえ。他人の飯には骨があって辛かったやろうね。うちにおるうちにせいだしてうまいもん食わせてもらえよ。」

当時の彼女には真の意味は分からなかったが、今振り返ると涙が出るほど温かい言葉ではないか。病魔に倒れた彼女を気づかってくれたのは祖父だけだった。法子伯母に至っては、「珠輝はどこに行っても手をとるなあ。珠輝ちゃんあんたは人に好かれるように口答えしなさんな。腹一杯、人に迷惑かけよるとばい。」

母もこれまた立派な成績を近所に吹聴して回ったから恐れ入る。そんなおり、「娘さんがそんなに大変ならこんな人があなたの家の近くにいらっしゃるから彼に勉強を教えてもらったらどうですか。」

そう母に教えてくれた人が現れたのだ。母は早速その人の家を訪ねて親御さんに御願いすると、親御さんも二つ返事で承知してくださった。その人は珠輝より二年先輩の中尾俊彦さんという人で房ちゃんと同級生だった。彼の家は珠輝の家から一キロほど離れたところだった。その日を境に母は毎日中尾のお兄さんの送り迎えを娘のためにやってくれた。

その日から点字の勉強の特訓が始まった。

二年しか違わないのに中尾さんの教え方は非常に上手で、おかげで五十音も半分しか習っていなかったのに瞬く間に習得することができた。

さらに濁音、半濁音、拗音、楽譜、アルファベットやローマ字まで教えてくれた。それらのことがマスターできると今度は本を読むことを教えてくれた。夏休みにこれだけのことを中尾さんが丁寧に教えてくれたおかげで珠輝は大助かりだった。おおよそ全て教えることがなくなったころ生徒や先生のことをいろいろ教えてくれた。中尾さんはかなり視力のある人だった。

例えば誰それは喧嘩が強いとか、誰それは喧嘩は弱いが女や全盲はいじめるなどだった。しかし中尾のお兄さんはこんなことも教えてくれた。

「珠輝ちゃん、あんた人からいじめられたらすぐ泣きよらせんな。人にいじめられても絶対泣いたらいかんばい。泣いたら余計いじめるからな。あんたと一緒に入った大原明雄もよく泣くからいじめられようとばい。あれもかなり見えるとやけんもう少し強うならんといかんとやけどな。あんたも勝江や雅子からいじめられてもこれから泣いたらいかんばい。そうしたらいじめることはなくなるけんな。」

お兄さんの教えは本当にありがたいものだった。ところがここに全く不思議なことがある。母に中尾のお兄さんのことを教えてくれたのは、いったいどこのどなた様だったのだろう。母はこんな人を忘れる人間ではなく、常に恩義を重んじるにも関わらず、その人の事は全く覚えていないのだ。

当の中尾のお兄さんも全く知らないというのだから本当の神様だ。どこの何方様かは存じませんが、本当にありがとうございました。あなたのおかげで今の丸山珠輝があるのです。

思わぬ事から保母からの虐待をうけることに

夏休みが終わり施設に帰ると部屋替えが行われ、今まで寝起きを共にした生徒たちは全員入れ換えられた。保母さんもあのやさしかった吉村先生から諸石君枝というキンキンした声の人に代わり、上級生もやさしくて面倒見のよかったかなり視力のある安村秀美さんに代わり、あまり視力のない高校生の池田薫さんと言ってこれまたキンキンした声の持ち主だった。

　だがこんどの部屋には珠輝と同じ明かりが見えない高橋博美さんという中学生がいた。この人は大人しくて歌が上手で、珠輝にもさり気ない優しさを見せてくれる人だった。珠輝はこのお姉さんがいてくれたおかげでかなり救われた。学校では中尾のお兄さんのおかげでなんとか点字の読み書きをマスターしてきた珠輝をみて松元先生がとても喜んでくださった。ところが運動会で小学一年生から三年生が合同でお遊戯をやることになり、毎日練習させられたが珠輝と寿実ちゃんはいつも残された。教えるのは寿実ちゃんの担任の吉田聖子という人でなかなか厳しい人で優しさのかけらもなかった。さらに珠輝の心をかきむしったのが板垣伸一だった。

「丸山さんあんたいつも寿実と一緒に踊れてよかったなあ。大原もあんたを好いとるとに可愛そうばいわっはっはっ。」

　そんな事をわざわざ大原君の前で言うのだ。発端は珠輝が静養室に寝ていたころ、「丸山さんまだ病気よくならんとやろうか。」

　それを聞いた板垣が大原君を散々いたぶったあげく珠輝までからかったのだ。面白くなかった珠輝は、「大原君何で余計なことを言ったのね。」

　本気で心配してくれた大原君を散々なじってしまった。今、大原君に会えたなら珠輝は土下座をして許しを請いたい。一方、部屋でも今までのような温かみはなかった。藤田寿恵子という人はいつも誰かを捕まえて小言を言わなければその日が終わらないような人だったから日曜日にターゲットにされると災難だった。これ幸いと言わんばかりに小言が永遠と続くからだ。

珠輝は関わりたくなかったからできるだけ静かに机の前で本を読むことにした。運動会も終わり、秋も深まってくると風も冷たくなってきた。どうしたことか珠輝はいまだかつてやったこともなかったのに、おねしょをしてしまった。早速、諸石保母は珠輝に毛布を洗濯するように命じた。

毛布を洗うといってもタライと洗濯板を使っての洗濯だから珠輝の手に余る。それは固形石鹸を使っての必死の戦いだった。それを母に話したところ、

「この子はまだ小さいから毛布の洗濯は無理と思いますからクリーニングにでも出してやってください。」

母も娘が不憫でならなかったのだろう、寮長にそう言ったところ、

「諸石先生は教育者の免許を持ったここでは一番立派な先生ですがね。」

さらに諸石保母は、「クリーニングに出せるほどのお金があるのなら寄宿舎に行ってく

ださい。この施設には相応しくありませんから。」

子持ちの三十歳を過ぎた人を捕まえて二十歳過ぎの人間が言ってのけ、子供を持たぬ吉本俊吉寮長もそれを平然と聞き流すのだから恐れ入る。それからというもの珠輝に対する諸石保母の虐待が始まった。珠輝はまたおねしょをやってしまった。その日は寒い朝だった。当然毛布の洗濯をさせられたが、

「今日は学校に遅れるかも知れんよ。でもあなたがおしっこをしかぶったのだから、仕方がありませんね。松元先生にみんなの前で正直に言うのですよ。嘘をついては承知しませんからね。」

珠輝は、学校に大いに遅刻する事になった。初めから諸石保母が仕組んだことだからそうなるのは当然だ。できるだけ静かに教室に入っていくと、「丸山さんですね。こんなに遅れてどうしたのですか。もうすぐ授業が終わりますよ。」

珠輝は諸石保母に言われた事を包み隠さず報告した。不思議なことに恥ずかしさも悲しみもなかった。それほど心が凍てついていたのだろう。

「そうだったの。よく頑張って学校に出てきましたね。これからみんなと一緒にお勉強しましょうね。」

松元先生は優しくおっしゃったが泣いていらっしゃったようだった。

この日、板垣伸一が欠席していたのは珠輝にとって幸いだった。

この件は松元先生が主任と相談して施設に抗議されたのではなかろうか。その後諸石保母が珠輝を学校に遅刻させるような事はしなかった。しかし手を変え品を変え珠輝への虐待の手を緩めることはなかった。

珠輝は麦半分米半分のご飯がなかなか食べられなくて苦労した。家でも麦は入れていたがそこまで多くは入っていなかった。そこに目を付けた諸石保母は、珠輝が食べ終わるまで席を立たさなかった。さらに珠輝より下級生の手をとり背中を撫でさせて、

「丸山さんはまだ食べてるよ。あんたより大きいのにおかしいね。」

さらにあるときにはソテーにかかっていたソースをご飯にかけ、

「あんたは味御飯なら食べるのだからこれなら美味しいでしょ。」

そう言って鼻で笑われたこともあった。ある寒い日のこと、珠輝は上衣を着替えて洗濯した。上衣も生地が厚いから洗うのも大変だ。

「珠輝ちゃん上衣に歯みがき粉が付いてるから洗いなさい。」

珠輝は、「先生着替えたばっかりです。」

思わず口から出たのだろう。

「めくらのくせに口答えだけは一人前にする。」

それから蹴るや殴るの大変なめにあった。

寮から支給されるのは粉の歯磨き粉だったので、母には申し訳ないとは思いつつチューブ入りの歯磨き粉を買ってもらうことにした。

第6章

振り返ればあの頃が
気付かなかった真の安らぎ

小村みっちゃん、真ちゃんとの出会い

実学年齢にしては何ともおぼつかない足取りの珠輝ではあったが真の自立がどうやらできてきた。一つは博美お姉さんが嫌な思いや悲しいときには部屋から出ることを我が身をもって教えてくれたおかげだった。藤田寿恵子の小言の生け贄にならないよう部屋を出て教室にいたとき講堂から聞こえたピアノに誘われて行ってみると、村田勝利さんが弾いていた。

懐かしさと嬉しさで珠輝は村田さんとの再会を誓ったものだった。村田のお兄さんは彼女に親身になっていろいろな事を教えてくれた。彼は彼女との別れが近いことが分かっていたから、全く視力のない者の心構えなどを説いて聞かせてくれたのだが、当時の彼女が十分理解するには幼すぎた。しかし心の財産になったことは確かだ。

さらに新学期ごとにおこなわれる担当保母の変更や生徒たちの入れ替えにより新しい出会いの中で、上級生からの生活の知恵をもらったり慰められたりしながら人間関係の円滑さも学べるのだ。それだけにこのシステムは生徒たちにとっては大きな楽しみでもあり大

切な心の栄養素でもあったろう。

諸石保母から他の人に代わったときには珠輝は飛び上がりたいほどだった。彼女も四年生になり自分なりの考えを持てるようになってきたが、相変わらず視力のある男子に関わることは極力避けていた。訳もなく頭などを叩かれるのが嫌だったからだ。結構全盲にはそんな事をする生徒が多かったが、それを目にしている職員たちは知らぬ存ぜぬを決め込んでいた。四年生は二クラスに分けられた。

担任は中途失明で全盲の柴田先生という中年の男の先生だったがあまり親切な人ではなかった。更に苦手な川原雅子と机を並べることになったが板垣伸一と離れたことは何より嬉しかった。施設では部屋の担当保母は代わったのにまた藤田寿恵子と一緒だった。ところが、ここに珠輝より二級下の小村美智子ちゃんと一年生の前原真輔ちゃんが入ってきた。二人ともかなり視力があり珠輝の手をよく引いてくれた。

真ちゃんは学年齢より年かさで珠輝より一つ下だったが、大人しくてなかなか優しい性格だった。一週間に二度のおやつの日が設けてあり、その日は親が預けてくれている小遣いを保母さんから出してもらい、好きなお菓子を買いに行けるのだ。

この時、小村みっちゃん又は真ちゃんが手引きをして店に連れていってくれたり、ときには三人で行く事もあった。さらにみんな藤田さんが苦手だったから、三人でよく浄水池などを散歩したものだ。雨の日の買い物は二人のどちらかに頼むことにして極力教室に行くことにした。村田のお兄さんとも会える可能性があるからだ。

小村みっちゃんや真ちゃんも思いは同じで藤田さんの小言の餌食になりたくないのだ。それでも彼女はなんだかんだと難癖を付けてきた。だが珠輝は小村みっちゃんたちのおかげで安らぎを得ることができた。それに博美お姉さんもいてくれたから最高だった。

また視力のある二人は寄宿舎の中途失明の人たちからもよく可愛がられていたようだ。この人たちは年長者が多く、我が子を連れて歩くようなものだったのかも知れない。さらにこの頃の食堂で行われる歓迎会や送別会、それに節分の豆まきも結構楽しいイベントだった。

特に歓迎会や送別会では普段は聴けない学校の先生や校長先生の歌が聴けるというので小学生は心の中でにたにたして楽しみにしたものだった。当時の校長先生は気さくな人だったから小学部の低学年からの人気は大したものだった。珠輝も何度か挨拶を交わしたことがあった。これには鉄砲というルールがあり、先に歌った人に指名された人は必ず歌わなければならない。

恐らく幕開けは生徒会長がして、校長先生を指名するのは暗黙の了解だったようだ。それが分かっていても校長先生と声が上がった途端、食堂内はわあわあがやがやすさまじい声援が送られた。そんな中、昭和三十三年を迎えた。

この年は珠輝にとってまさに激動の年だった。この年の一月の終わり、珠輝には二人目の弟ができた。その子は孝と名づけられた。春休みに弟と対面したが彼が健常児だったことが嬉しかった。春休みも終わり施設に帰ると部屋替えで、房ちゃんと同室になった。担当の保母さんも新人で大人しい人だった。

五年生になると一クラスに統合され、担任は晴眼者の杉浦志麻子先生だった。珠輝にとって初めての晴眼者の先生だった。先生は元々小学部の高学年を受け持つ人で、これまで房ちゃんたちが御世話になっていた。だが寂しいこともあった。今までの校長先生が学校を去っていかれたのだ。定年だったのかどうか分からないが、送別会で聴いた歌が最後だった。次の校長先生は以前の先生とは全く違い見るからに気難しそうな人だった。だから彼の話など小学生には全く分からなかったろう。それどころか生徒をくさすことに全力を尽くしてでもいるような人だった。なぜならこの先生、終業式になると必ず成績のことを持ち出し、全員の前で堂々と、

「どこどこのクラスは非常に成績が悪いからもっと勉強しろ。次に悪いのがどこどこのクラスだ」と言い放った。

言われた生徒たちはたまったものではなかったろうし、担任の教師も嫌だったろう。また小学生が彼に挨拶をしているところを見たことがなく、珠輝自身挨拶などしたことも彼の足音も知らない。おそらく生徒たちの所にはあまり現れなかったのだろう。何だか不吉な予感がする。

杉浦先生との出会い

盲学校は他の学校に比べると編入生が多いのではないだろうか。珠輝のクラスにも男子生徒が入ってきた。自己紹介では蚊の鳴くような挨拶をしたが、通学生だというからかなり視力はあるようだった。珠輝は女生徒ではないことにがっかりした。掃除を終え午後からの授業を受けるべく机に向かい教科書を読んでいた。新入生は鼻歌を歌いながら後ろを通りかかりさま、彼女の頭に雑巾バケツをかぶせたではないか。

珠輝は猛烈に腹が立った。これまでの彼女なら黙って泣き寝入りしただろう。だがこの時は頭のバケツを取るやいなや、「この馬鹿たれが何するか。」

大声で怒鳴り思いっきりバケツを後ろに投げ飛ばした。

当時のバケツはブリキ製で『ガシャン！』いうけたたましい音をたて、一瞬教室内は水を打ったように静まりかえった、「わあっ丸山さんすげえ。」

いつも彼女に優しい物言いをしてくれる少し明かりの見える男子が溜息交じりに言うとみなあっけに取られたようだった。丁度そこへ杉浦先生が入ってこられた。

「丸山さん大きな声を出してどうしたのですか。まるで男子のような言葉遣いではありませんか。もう少し女の子らしい言葉遣いをしないといけませんよ。」

そこで珠輝は先ほどの顛末を話すと、「鶴田くんなんてことするのです。あなたはかなり視力があるのですから丸山さんを助けてあげないといけませんよ。この学校は見える人は全盲の人を見かけたらどこででも手を貸してあげなければいけません。分かりましたか。」

鶴田という生徒はまたもや蚊の鳴くような声で返事をした。

「丸山さんは鶴田さんが点字の勉強で困っていたら親切に教えてあげてくださいね。」

珠輝はしっかり返事をした。その後の彼は誰に対しても悪ふざけをするようなことは一切なかった。彼は元々気の弱い生徒で、以前の学校では彼がいじめの対象にされていたのだろう。

ところがこの学校では自分は視力はかなりあるから、今度は彼が誰かをいじめて優越感に浸りたかったのだろう。

そこで珠輝に白羽の矢を立てたのだろうが予想外に反撃に遭ってしまった。彼女が反撃したことで鶴田くんにとっては罪を重ねなくて済んだのだ。このことがきっかけで珠輝は杉浦先生に親近感を覚えた。先生にはお子さんがなく、しかも珠輝の母と同い年くらいだった。

だから珠輝にしてはまさに母的な存在だった。

杉浦先生のおかげで珠輝は大きく成長させていただけたからこそ現在があるのだ。鶴田くんに点字を教えるにも彼女を携わらせたり、今まで日陰に燻っていた彼女を事あるごとに表に出してくださった。手前味噌ではあるが先生との出会いで成績も俄然よくなった。とはいえ例の三人組を抜く事はできなかった。しかし、やや肩が並ぶところまではいっただろう。もちろん先生はどの生徒に対しても公平に接してくださっていたから過去に受け持たれた生徒からもかなり慕われていた。

先生の古希の祝賀会が開かれた際には関西からも教え子が何人も駆けつけた。これが健常者ならこのくらいの移動も何の不思議ではないが、視力のないものが付き添いを付けてまで参加しようというのだから、先生のお人柄が想像できるだろう。珠輝は躊躇なく杉浦先生に何でも話すことができた。

五年生、六年生と二年間先生に受け持っていただき文化祭の劇にも出していただいた。盲学校の小学生が運動会や文化祭の学校行事に出たいというのには大きな理由がある。特に施設や寄宿舎の子供たちの多くは、日頃会えない親兄弟が会いに来てくれることを心待ちにしている。その時に自らの出場している姿を見せたいのは無理からぬ事だろう。

また親御さんにしても、入学させたばかりの我が子の舞台姿を見れば感無量で遠くからやって来た甲斐もあろうというものだ。この頃になると以前ほどいじめはなかったものの板垣伸一はやはり苦手だった。

彼に関しては杉浦先生も頭を痛めていらっしゃるようだった。彼が六年生の最初に他校に転校した際には珠輝は飛び上がって喜んだ。話を前に戻さなければならないのだが、こんなよい杉浦先生に心を閉ざさなければならないことが起ころうとは想像もできないことだった。やがてこの由々しき悲しみは生涯珠輝につきまとうことになった。

珠輝が以前のように杉浦先生に心閉ざすことなく母のように何でも打ち明けていたならば彼女の施設での生活も楽だったかも知れないのだ。

予言者房ちゃん

さて珠輝の居室は幸せ過ぎるくらい素晴らしいメンバーだった。

たまに生徒同士の喧嘩はあるもののそんなに目くじらを立てるほどの事ではなく、室長もあの面倒見のよい田原秀美さんだったから言うことはなかった。それに可愛い小村みっちゃんはいるし、部屋は違うが稲森勝江が房ちゃんと珠輝の仲間に加わった。勝江はクラスでは川原雅子にべったりだったが三人になると歌手の話でもプロ野球の話でも不思議に馬が合った。担当の堀先生は声を荒げるようなこともなく、穏やかな人だった。

またクラスではこの春から寄宿舎に入った豊田公子が珠輝にすり寄ってきた。そんな中、不思議な噂が立ち始めた。近いうちに新しい施設が建ち、そこは何もかも素晴らしいところだというのだ。それもどうやら施設の職員たちが噂をばら撒いているようだ。そんなおり房ちゃんが言った。

「珠輝あんたうちを本当に親友と思うね。そりゃあ時々喧嘩をする事はあるかもしれんけど、それはそれで水に流すことができるね。」

「当たり前よ、村田のお兄さんとも静養室兄弟はどこにいても仲よくしようって誓ったやろう。だからどんなことがあっても裏切ったりしないよ。」

「分かった。それならうちがこれからあんたに言うて聞かせることは必ず守らんといかんよ。あんたのために言うのだからね。」

「分かった。何でもよいからしっかり教えてよ。房ちゃんの言うことは必ず守る。」

「それなら珠輝、あんたこの間事務室に呼ばれたやろ、何で呼ばれたか正直にうちに話すことができるね。」

「できるよ。あれは日用品や点字紙は新しい寮に引っ越してからあげるから心配しなさんな。それよりあんたはいつも部屋にばかりいるからいけない。たまには外に出て太陽の日に当たらないから体が弱いのだ。もっと外に出るようにしなさいって言われたよ。だから何故わざわざそんな事を呼び付けてまで言われるのだろうと思ったよ。」

「あんた日用品の話を杉浦先生にしたんじゃなかろうね。」

「したよ。」

「この馬鹿たれが。いいね珠輝、学校の先生はいくら優しくても寮長とは筒抜けなのよ。だからあんたの話は一発で寮長の耳に入ったとよ。あんた寮長や保母長に睨まれたら大変な事になるよ。これから何があっても学校の先生や保母さんにべらべら喋らんこと。ちょっと優しそうな人に会うとすぐ心を許したらいかんよ。」

珠輝は背筋が寒くなった。あんなに優しい先生でも信じてはいけないのだ。

「それに新しい寮は素晴らしい素晴らしいと言ってるけど、うちにはどうも信用できんとよ。かえってものすごく悪くなるような気がしてならんとよ。うちは勘も頭も悪いけどよくないことが起きるときの勘はものすごく当たるとよ。今が一番よいときだからしっかり楽しんでおかないとね。これよりよくなることなんか絶対ないから見とってごらん。」

「そんな気持ちの悪いこと言わないでよ。恐ろしいよ。」

「そのとおり恐ろしいよ。新しい寮に行ったら全盲は泣くことになるだろうね。それから珠輝、これからはよい先生はみんな辞めていくから見といてごらん。それから炊事婦の楢崎薫には決して心を許しちゃいかんよ。あの人はとんでもない人だからね。」

さらに房ちゃんは付け加えた。

「珠輝、うちが言ったこと誰にも言いなさんな。勝江にも言わんとよ。寿実にならこっそり教えてもよいけど話す機会がないからね。」

楢崎さんは小さい子を集めては本を読んでくれていたから彼女も楽しみに聞いたものだった。そんな優しい人が房ちゃんの言うように恐ろしい人だろうか。珠輝は釈然としなかった。

だが、房ちゃんの忠告は彼女が教えてくれた通りだった。

この時の二人にやがて抱き合って泣いて死を誓う日が来ようとは房ちゃんにも預言できなかったようだ。

第7章

独立した施設で暮らすという事が
これほど過酷だったとは

新しい施設への引っ越し

いろいろな噂が飛び交う中、とうとう今まで住みなれた古い建物との別れの日がやって来た。珠輝が小学五年生の夏休みの終業式を終え通知表をもらい、昼食が済むと引っ越しが始まった。詳しいことは分からないが各家庭に施設から事前に連絡があったと見え、それぞれ保護者が生徒に付き添っての引っ越しだった。珠輝の家からは父が手伝いに来てくれた。

三十三年七月二十日、約六十人の施設の生徒は住みなれた建物を後に新天地へ向かった。夜具や衣装箱などはまとめて先に運ばれたのだろう。施設は学校から南に約四キロメートルほど離れた所に建っていて、珠輝はわずかな荷物を持って父に手を引かれ炎天下の中を歩いた。

今まで廊下続きで学校に通っていたから、さすがに珠輝は少々疲れた。施設は田んぼの中に建っており、その裏には西瓜畑があった。さらにバス停の片隅にはドッボと言って各家から汲み上げた人糞を貯めておく所があり、今では想像もつかない話だ。

建物は平屋で玄関を入ったところに事務室があり、中庭を挟んで各居室が丸く建っていた。施設に着くと部屋割りが発表され、生徒たちはそれぞれの部屋へと散った。個人の荷物は既に運び込まれていたようで、夜具や衣装箱などのおおきな物は担当保母の指示に従って父がしまってくれた。あとの細かい物は自分で片付けることができるところまでくると父は帰っていった。部屋は十五畳の和室で、裏庭に面した窓に平行して横幅一メートル縦五十センチほどの引き戸になった文机が備え付けられていた。これが生徒一人が使用できるスペースだ。

珠輝は最も端をもらうことにした。居室の数は男女それぞれ三つの計六室で、他に娯楽室が一室あった。珠輝の部屋は七人が入ったがこの部屋割りは珠輝にとって最悪だった。なんとあの嫌な河地康子を先頭に、クラスで最も苦手な川原昌子までいるではないか。他には珠輝より下級生の根岸友里ちゃんと田原秀美さんの妹の竜子ちゃん、珠輝と同年齢だが知的に障害がある平田栄子ちゃん、もう一人は金田美鈴ちゃんだった。

美鈴ちゃんにはお兄さんがいて、初代自治会長に任命された。房ちゃんとも小村みっちゃんとも、それに仲よくなった稲森勝江とも離れてしまった。元々勝江とは別の部屋だったし、今度は房ちゃんと同じ部屋だから遊びにも行きやすいだろう。

さらに今まで炊事婦だった楢崎薫が資格を取って珠輝の担当保母になった。それに全く視力のないのは彼女一人だ。これから心悩ますであろう人間関係を思うと急に房ちゃんの言葉が頭の中でなりひびいた。

「楢崎薫に気を付けなよ」予言の天才房ちゃんの言葉は的中した。

さらに最悪だったのはここへ引っ越して来てからというもの担当保母の変更も部屋替えも何年もなかったことだ。さらに珠輝にとって一大事は建物の内部をしっかり覚えることだ。食堂、トイレ、洗面所はその日のうちに覚えたが、浴室を覚えたなら居室は比較的覚えやすかったから、後は大して必要のない場所だと高を括っていた。だがやがてそれが災いして建物の場所を間違えたばっかりに、生涯拭うことのできないほどの深い傷を負うとは思いもよらぬ事だった。

地獄の廊下磨き

夏休みに入ったとはいえ生徒たちはしばらく家庭に帰ることができなかった。次の日から廊下磨きという大変な行事が待ち構えていたのだ。この作業は珠輝のような視力が全くない者にとってはかなり神経的にも疲れるものだった。

まず中庭に面した戸を全て開け放し、粗ごみを視力のある者が掃き出す、次に職員と視力のある高校生中学生の男子とが廊下全体に石けん水を流す。それを残ったもの全員で拭き上げると今度は彼等が真水を何度か流す。その後を女子や全盲男子や小学生たちが固く絞ったぞうきんで何度も拭き上げて石けん水を完全に拭う。

その後二時間ほど乾かし職員がワックスを塗っていくと今度は生徒全員で乾いたぞうきんで伸ばしていく。珠輝のような小学生の高学年でも疲れるのに小さい子は大変だったに違いない。さらに石けん水や水を流される際に全盲は邪魔にならないように気を使わなければならなかった。

この日を機にこの行事は終業式を終えた学期末には必ず行われた。夏はまだしも冬は体の芯まで凍り付くような寒さだった。これを寮長たちは、

「寒い者はいるか?」

もしここで「寒いですねえ。」などと言おうものなら、「貴様たちがたるんどるから寒いのだ。しっかり廊下を磨かんからそのザマだ。もっと性根を入れて磨かんか。そうしたら

体などポカポカしてくるのだ。」

ところが視力のあるちょっと顔立ちのよい子が鼻声で、「寮長先生寒いですぅ。」と言おうものなら、「そうな。けど今のうちに掃除で鍛えておくと嫁さんにいったら姑さんに可愛がられるとばい。辛抱辛抱、頑張りなさいよ。」

珠輝が聞いていても寮長の口から涎《よだれ》でも垂れているのではないかと思えるような声を出していた。無論、筆者はフィクションで書いているのではない。だが珠輝はこんな時に寒いなどとは口が裂けても言わなかった。ワックスさえ塗っておけばしばらくはから雑巾で拭き上げるだけでよい。その日を機に朝二十五分、夕刻十五分、計四十分の廊下拭きを毎日させられた。

冬の間、戸は開け放たれていて吹きさらしだった。その中での雑巾がけは本当に辛かった。この見回りを最初は二人の指導員が号令を掛けながら交代で行っていた。この時でも指導員の虫の居所が悪ければなんだかんだと因縁を付けられて尻の一つも蹴り上げられることも珍しくはなかった。その内この役目を男子の自治会長がやるようになった。

だが同じクラスで机を並べている二人が、一人は視力があるから居丈高《いたけだか》に振る舞い、もう一人は視力もないし親もない、同級生だというのに見えないがゆえに彼は野良犬のように這いつくばって廊下を磨かなければならない。

珠輝が掃除に関して閉口したのは月に一度の室内の大掃除と、これまた月に一度の草取りをするようになったことだ。室内の場合なんと言ってもガラス磨きは苦手だった。今度の施設のガラス窓は今までの四倍くらいはあったから拭くのに苦労した。さらに登校前には必ず部屋を掃き掃除しなければならなかった。

この時は珠輝が掃いた後、視力のある者がごみを集めて処理してくれる事になっていた。なぜ寮長はこれほどまでに生徒たちに掃除に関してやかましいのだろうと不思議に思っていたら謎は解けた。珠輝が裏庭で洗濯物を干していると何処かの偉いさんが各部屋を回っていた。

「ここの生徒は挨拶はきちんとするし、掃除もなかなか綺麗にしとる。実の親でもこれだけの躾《しつけ》はできんだろうからなあ。よくここまで躾ができましたなあ。」

「いえいえ、それほどまでおっしゃっていただきますと恐縮でございます。」

珠輝は何故か胸に土の塊でも置かれたようなすっきりしないものを味わった。愚痴を言うつもりはない。だが全く視覚のないものは指先で点字を読まなければならない。寒風吹きさらす中での廊下磨きでどれほど指が凍てつき霜焼けに悩まされた事だろう。かといって暖をとることもままならない。ほとんどの生徒は視力を持っていて点字を目で読んでいたから少しは楽だったろう。少数の者はいつでもこのように泣かなければならないのだ。

珠輝の家にも変化が

夏休みの内、出校日が二日設けてあったが、これまで休みの全てを家で過ごしていた珠輝は登校することはなかった。通学生はともかく、大半の生徒の家は学校からは遠距離にあるのだが、果たしてどれだけの生徒がこの日に登校したのだろう。珠輝たちは施設が引っ越してからというもの、この二日を炎天下の中歩かなければならなかった。健常者の人たちに言わせれば、

「たかが四キロメートル程度の道がなんだ。」

と笑われそうだが、今まで廊下続きで学校に通っていたのが、いきなり視力のある者は視力のない者の手を引き、二列になって歩くのだから、手引きする生徒も慣れないうちはかなり疲れたろう。出校日、登校後、盆の数日前からそれぞれの家庭に帰ることができた。

珠輝が帰宅してみると祖父母たちは飯塚市の叔父たちの職場の近くに引っ越していた。いきなりの事で珠輝はショックだった。そのため父が仕事に出かけている昼間は幼い兄弟たちと母だけの家となり、中は実に静かだった。だが母のヒステリーですぐ下の弟守の折檻される泣き声と珠輝に対する悪態や小言はますます酷くなっていった。人には生まれ付いての世渡り上手と世渡り下手があるようで、守はその点全くの世渡り下手だった。

母にとって妹の世話と半年ほどの孝を抱えての毎日がどれほど大変かは今の珠輝なら少しは察することもできただろう。だが当時の珠輝にはそんな守を母からの虐待から庇《かば》ってやれるだけの力はなかった。それでも盆には祖父母の家に連れて行ってもらうことができた。

この時の祖父が珠輝にかけてくれた言葉は今思い出すと真心のこもったものだったのに、当時の珠輝には十分理解する事はできなかった。

「われは学校からもんて来たら早うお爺いの家に来いや。われがこの家に来れるのもお爺やお婆が生きとるうちだけじゃぞ。」

それからというものこれが祖父の口癖だった。やがて年を重ねた祖父は、

「今度われがもんて来るまでお爺は生きとるやろうかね。」と言う言葉に変わっていった。

珠輝が施設に帰る日にはこっそり百円札を握らせてくれた。さらに口数の少ない守が今

でも、
「爺ちゃんだけは本当に僕たちを喜んで迎えてくれていたからね。」そう述懐《じゅっかい》する。

珠輝には分からなかったが、幼かった弟が今でも述懐するからには祖父がいかに温和な表情で珠輝たちを迎えてくれていたかだ。盆が済むと早々に施設に戻り二日目の出校日に登校し、それからはいくつもの行事をこなしながら突然始まる寮長訓話に明け暮れる毎日だった。

始業式を前に寮長の命令で金田健一さんを会長に自治会が立ち上げられた。

当時の中高生は粒ぞろいだったから寮長にしても何かとやりやすかったようで、珠輝たちの施設の知名度も案外早く上がっていった。さらに二学期に向けて小学部低学年にはいわゆる雑嚢《ざつのう》を、高学年の小学生以上は布製の手提げカバンが支給された。それに全盲の者には手製の白杖《はくじょう》が配られた。

珠輝は人の物と間違えないよう工夫しなければならなかった。それに、これからは弁当箱が必要になるが、これはうちからもってきた。こうして二学期を待った。

馬脚を現した施設長と保母長

やがて二学期が始まり生徒たちは首に定期券をぶら下げて通学した。全盲半盲の生徒が手を繋いで二列になり、指導員か保母の引率で乗り合いバスを使っての通学だ。バスはかなり混んでいたから学校に着くと相当疲れた。下校は低学年で三班に分かれ、生徒だけで帰った。着替えを済ませて弁当箱を洗うと掃除の時間になるから休む暇はなかった。夕食が済めば間もなく自習時間だ。

そんな中、毎月月末には反省会を開くよう言い渡された。これは各部屋回りで開かれた。この時小学生の低学年が居眠りでもしようものなら、たちまち容赦なく寮長や上級生の手や罵声が飛んできた。毎日大勢の乗客にもまれ、上級生や保母さんから急き立てられながらの日々を送らなければならないのだ。小さい子が疲れるのは無理からぬ事ではないだろうか。

更に、ここにきてからは個人で現金を持つことが禁じられた。今まで珠輝は自ら現金を持つことなど考えたこともなかった。家庭が貧困のせいもあったが、これまでおやつの日に保母から小遣いを出してもらえたからだ。

「お菓子が欲しければ担当の先生に言って小遣いをもらうように。」

寮長はそう言うのだが楢崎保母に小遣いを請求しても頑として渡してくれなかった。鍛錬遠足でさえ一銭もくれなかった。これには根岸友里ちゃんも参っていた。だが川原雅子や河地康子やたっちゃんたちはこっそり何かを食べていたことも珠輝は知っていた。見える者のほとんどがこっそり金を持っていた。身寄りのない河地康子でさえなにがしかの現金を持っていたようだ。河地は顔立ちがよいし、かなり視力があったので、結構いろんな人から小遣いをもらっていたようだ。さらに時々日雇い労働者らしき父親に会っていたようだ。かつて河地と一緒に珠輝も会ったことがあるからだ。

楢崎保母が河地や川原を特に可愛がって菓子などを渡していることも知っていた。少し知的に障害のある平田栄子ちゃんや珠輝や友里ちゃんが外れものだった。

さらに入浴日には最初に男子が入り、次に保母たち職員、珠輝たちはいつも最後だった。また男子のために中庭のど真ん中に大きな土俵が設置された。これには珠輝のように視力のない者にとっては実に歩きづらかった。杖で確認しながら歩くものの、弾みで土俵につまずいて転びでもすれば周囲にかなりの植木があるから誤って折ってしまわないとも限らない。

そうなると週に二度か三度しかないおやつが罰としてもらえなくなるのだ。

寮長は緑は目によいからと言ってはいろんな所からの寄付金のほとんどを植木に使っていたようだから至る所植木だらけだった。彼が言うことも一理あるだろうが全く視力のない者に対しては何の配慮もないのである。房ちゃんや珠輝には、

「いつも部屋の中ばかりにいて運動不足だからできるだけ外に出るように。」

そうは言っても視力のある者は中庭を走り回るし、ぶつかられでもするとたまったものではない。それなら視力のない者がお日様でも浴びることができるようにベンチのひとつでも備えて欲しいものだ。珠輝は部屋が面白くないから房ちゃんの部屋によく遊びに行った。

房ちゃんはそっと囁いた。

「珠輝うちの言ったことどう思うね。」

「どうもこうもないよ。房ちゃんは天才よ。何もかも丸当たりじゃない。全盲が住みにくい所になってきたね。」

「これはまだ序の口よ。今でも半盲の男子は食器洗いは免除やろう。本当に見えない者がいつも辛い立場にばかり立たされるとよ。私たちは息抜きができなくなったやろう。中庭

に出たところで事務室から職員たちにじろじろ見られるのは嫌だからね。見えないって悲しいね。」

房ちゃんの声には胸に染み入るような寂しさが籠もっていた。

心に受けた深い傷

施設PRの一環として寮長が思いついたのが器楽合奏グループの設立だった。楽器を扱える者は全て投入され、珠輝も一員として加えられた。やがて寮長の思惑は見事に当たり、このメンバーは施設の目玉商品としていろいろなところからお座敷が掛かり、新聞社や放送局からの取材も受けるようになった。通常、土曜の夕刻の練習が多かったが、急に慰問先が決まったりすると日曜の午後からも行われた。

その日も昼食が済むと間もなく練習の放送が入った。練習は食堂で行われるのだが、その日に限って何故か珠輝は遅れてしまった。鈴やマラカスを出すつもりで勢いよく戸を開けて掴んだ物はなんと週刊誌だった。いや驚いたの何の。珠輝は一瞬何が起こったのか分からなかった。頭の中が真っ白になったというのはこういうことを指すのだろう。我ながらどこにいるのかあ然とした。

「あんたそこで何をしてるの。」

炊事婦の川上澄江の声が飛んだ。驚いた珠輝は「楽器の戸棚と間違えて開けてしまいました。ここは先生の部屋だったのですね。」

「楽器の戸棚は後ろやろ。」

なんとそこは炊事婦の部屋だった。珠輝はそこが炊事婦の部屋であるということを初めて知った。悲しいかな戸棚はその部屋の真後ろだった。これが全く見えない者の悲しさで、かなり単独歩行に熟練している人でも熱があったり疲れていると、全く逆方向に歩いてしまう事もある。

室内ならまだしもこれが道路なら大変なことになる。この辺を晴眼者の人たちにご理解していただければ幸いだ。まして珠輝のように施設内を完全にマスターしないまま慌てて行動すると、なおさらこのような間違いもあるのだ。ところが健常者にそんな事を理解してもらうのは無理なようだ。

「自分に関係のない所は覚えていないものですから。この部屋も初めて知りました。」

「そうやったね。」

「先生、もし週刊誌が要らなくなったら頂けませんか。」

「週刊誌をどうするね。」

「表紙が欲しいのです。これで茶瓶敷を作ったら綺麗でしょ。父がくれたラジオのパンフレットの紙に似てますよね。よかったらお願いします。本当にすいませんでした。」

「いいよ要らなくなったらあげるからね。」

川上さんは気軽にそう言ってくれたので珠輝は挨拶して鈴とマラカスを持って食堂に入った。それから数日して珠輝は事務室に呼ばれた。思い当たることは何もなかったから気軽に入った。

すると寮長が口を切った。

「珠輝ちゃんこの間、川上先生の部屋に入ったな。」

「いいえ入ったのではありません。鈴とマラカスの入っている戸棚と先生の部屋の窓を間違えて開けてしまったのです。」

「ほお、戸棚の戸と窓を間違えてなあ。それでそこには何があったな。」

「はい本立てに週刊誌が何冊もありました。それを鈴とマラカスと思って掴んでしまった所に川上先生の声がかかりましたからそこが川上先生たちの部屋だと知りました。」

「ふんそれであんたは何が欲しかったとな。」

「それで間違えたことを謝って、もし週刊誌が要らなくなったら茶瓶敷を作ると綺麗ですから頂けませんかと言いました。」

「嘘をつけ。貴様、先生の部屋に入って何を盗もうとした。正直に白状しろ。」

寮長の態度が一変したことに珠輝は驚いた。何故今頃になって寮長にこんな事を言われなければならないのか珠輝には分からない。ただ鈴とマラカスの戸棚と炊事婦の部屋の窓を間違えて開けたのだという事を繰り返すしかなかった。

「目が見えんくせにようそんな口答えができるねえ。」

保母長の熊谷藤子がそう言った。

「貴様は間違えたなどというが目が見えない者は勘がよいというではないか。視力のある者より貴様のように見えない者がどれだけ勘がよいか分かっとるんだぞ、そんな言い訳が通ると思うか。」

寮長のビンタが飛んだ。むちゃくちゃな話だ。

「私は自分に関係のない部屋は覚える必要がないと思っていますから炊事室なんか知りま

せんでした。」

だがいくら言っても通じる相手ではなかった。元海軍の憲兵だった男に珠輝のような子供がどうすることもできないのは当然だ。珠輝にはとうとう涙を流すしかなかった。それを見た吉本寮長と熊谷保母長はえへら笑いをして、

「ようやく白状したな。目も見えんくせにもっと素直にならんと人から好かれんぞ。」

二人でそんな事をほざいた。一応珠輝は釈放されたものの、その後の職員たちの珠輝に対する態度は一変した。さらにこの件は両親の耳にも入り、珠輝は炊事婦の部屋に侵入したことにされて、いくら珠輝が訳を話しても両親は信じようとはしなかった。親子であっても手元にいない子に対する愛情は薄らぐものだろうか。さすがに親友の房ちゃんはよく分かってくれた。

こんな時に村田のお兄さんに会えるならもっと気持ちも楽になったろうが、今度の施設には一人になることのできる場所はなかった。この時ほど珠輝は死にたいと思ったことはなかった。これを聞いた担当の楢崎は、

「珠輝ちゃん死ぬときはお家で死んでね。こんな所であんたに死なれたら大きな迷惑だからね。」

こう言って、えへらわらった声は今も耳に残っている。不運は続くもので、それからどのくらいたったろう。珠輝はうっかり事務室から定期入れを受け取るのを忘れてバスに乗ってしまった。車掌の許しを得て、迎えの職員に持ってきてくれるように頼んだ。昼休み、飯野という指導員がやって来て珠輝を人気のない教室に連れ込んだ。珠輝が早速忘れたことの非を詫びた途端ビンタが飛んだ。それからというもの飯野は一言も発することなく蹴るやなぐるを繰り返した。それも泣き声を立てないようにだ。

やがてベルが鳴ると定期入れでビンタを食わせてそれを渡して教室から引きずり出した。あまりのことに涙も出なかった。房ちゃんに早速報告すると、

「飯野と川上はいい仲だからあんたがやられたとよ。これからあんたも地獄やねえ。」

溜息をつきながら房ちゃんは言った。

第8章

泥濘《ぬかるみ》がごとく続く悲しみ

房ちゃんとの誓い

忌まわしい悪の手は次々と珠輝に襲いかかった。六年生の冬休みが来ても珠輝は家に帰ることができなかった。しかも原因が何か分からない。担当の楢崎保母も分からないといい、いかにもめんどくさそうな応対だった。同情のかけらすらなかった。

房ちゃんは聞いてはくれたものの、何故かいまだかつて見たことのない落ち込みようだった。

「房ちゃん何があったとね。何にもできないけど話してよ。」

だが房ちゃんは答えなかった。そうこうするうちこんなことを言い出した。

「珠輝、あんたうちの傍に来てはいかんよ。あんたも悪くなって寮長や熊谷にますます睨まれるよ。」

「もうとっくに睨まれてるよ。今更房ちゃんから離れようとは思わないよ。私と房ちゃんは親友やろ。それとも私より勝江の方がよくなったとね。」

「この馬鹿たれが、うちをそんなふうに思うとるとね。」

「そうは思わないけど房ちゃんは私には何にも教えてくれんやない。私はどんなことでも話してきたとよ。」

「珠輝、あんた本当にうちを親友と思うてくれると信じて言うけど、うちは今、死にたくてたまらんとよ。」

「房ちゃん死ぬときは私も一緒よ。何があったか知らないけど教えてよ。私は家には要らない人間よ。まるで生きてることが弟たちの邪魔になるようなことばかりしか言われんとよ。おまけに冬休みに何故帰れないのか分からんとよ。だから死ぬときは一緒よ。」

「分かった。けど今はどうしても言われんとよ。うちは本当なら一番にあんたに聞いて欲しいとよ。けど今は言えんとよ。必ず話せる日が来るから、うちを信じてそれまで待って。」

「分かった、信じるけど死ぬときは絶対一緒だからね。」

「うちもあんたを信じるよ。それまではね。」

二人は固く手を握り合って誓った。数日後、房ちゃんをはじめほとんどの生徒が帰省した。

残ったのは珠輝を入れて五人で、同室の河地康子と静養室兄弟の寿実ちゃん、他に河地と同級のかなり視力の有る清原兼行さんで彼は学齢より3歳ほど年かさだった。見るからに不良っぽくスポーツには万能でずば抜けていたので施設内では保母たちの人気は絶大だった。

珠輝は彼の傍に出来るだけ近づくまいと敬遠したが冬休みをきっかけに実に親切にしてくれるようになった。最後に水村美登里ちゃんだ、美登里ちゃんはかなり視力があり珠輝より3歳年下だった。彼女はお寺の前で拾われて住職が名付け親となり施設に連れて来たと云う。

そんな彼女は保母たちからはまったく相手にされなかった。何故なら彼女には一本も歯が生えていなかったからだ。しかし美登里ちゃんは珠輝にはいろんなことを話してくれて親切だった。後に同室になり彼女に助けてもらうことになる。

まったく視力の無いのは珠輝と寿実ちゃんの二人だけだった。

河地は夜は他の部屋で休んだので珠輝は一週間一人で部屋のまん中に床を延べて休んだ。寿実ちゃんもそうだった。正月というのに珠輝たちには一週間おやつも出なかった。珠輝はこんな時を利用して寿実ちゃんの部屋に行った。

「丸山さん、ぜんざいうまかったなあ。」

「ああ美味しかったよ。あんた何杯食べたの。」

「あんた本当にぜんざい食べたとな。」

「そんなものあるわけないやろう。」

「あんたもやっぱり食べさせてもらえんかったとやなあ。」

「どういうことよ。」

「俺が便所に入っとったら熊谷が河地さんに『あんたたちテレビ見ながらぜんざい食べんね。あんまりないけどね。』そう言っとったけんあんたは食べたやろうかと思うてな。」

「食べるわけないやろう。おやつなんかもらったことないがね。」

「もらわんとは俺たちだけばい。俺はわざわざテレビなんか見に行かんからお菓子ももらい出さんとばい。他の三人は食堂でいろいろもらいよとばい。」

「なんで分かると。」

「お茶を飲みに行ったらキャラメルやらお菓子を食べた後の匂いがするとたい。あいつら俺たち見えない者には分からんと思うとるとたい。俺はいつでもそうばい。けど今年はあんたがおるけん嬉しいばい。」

珠輝は言葉が出なかった。涙を堪えながら、

「やっぱり静養室兄弟はよいねえ。」

こう言うのがやっとだった。

おやつの件は美登里ちゃんがこっそり教えてくれたから知ってたが寿実ちゃんは自ら掴んでいたから素晴らしい。

妹の死、そして独りぼっちの卒業式

小学校の卒業式を約一カ月後に控えた日曜日の晴れた朝だった。珠輝に楢崎保母が言った。

「珠輝ちゃん、妹さんが亡くなったそうよ。叔父さんが迎えにくるそうだから着替えて用意しなさい。」

驚いた珠輝はわっと泣き伏した。のろのろと着替えているところに河地康子が入ってきた。

「珠輝ちゃんあんたどこに出かけると。」

「妹が亡くなったとよ。」

楢崎が言うと
「妹が死んで悲しくないと。」

「そう言いなさんな、今泣いたばっかりよ。この人の妹は寝たきりだったそうだから、かえってよかったかもよ。」

珠輝は返す言葉もなかった。この二人の人間性が今でも疑われる。珠輝にとって身内との死別は初めてだった。大勢の人が家に集まっている中に入ることにさえ戸惑いを覚えた。妹は母が末弟を背負って買いものに出かけている際、掘りごたつに落ちて練炭で一酸化炭素中毒死したのだ。五歳の弟に留守を任せていたのだが、そんな小さな子ではどうすることもできなかったろう。不運が続くときは続くもので、父は交通事故で入院中だった。それで珠輝も帰れなかったのだ。父はほんのわずかの時間だったが家に帰ってきて、

「珠輝ちゃん寂しかったやろう。」

そう言って頭をなでてくれたときには思わず涙ぐんだ。かつてそんな父を見た事がなかったからだ。葬儀が済むと次の日叔父は珠輝を施設に連れ帰った。この叔父こそ父のすぐ下の弟で、珠輝の施設から二キロメートルほど離れた所に住んでいたが、妻子持ちでもあり、二人とも世間体を繕い、珠輝とは極力関わりを持ちたくない人たちだったから、この二人から珠輝は小遣いはおろか飴玉一つ買ってもらった事はなかった。やがて卒業式を迎えたが、珠輝には当然誰も面会には来なかった。今上天皇誕生の春だった。

第9章

思春期と障害者の狭間で

中学生になって

昭和三十五年も四月に入り、ないないづくしの珠輝は中学生になった。中学になると男子は学生服で女子はセーラー服というのが制服だったが珠輝にはそれがなかったから当面小学生の服装で臨んだ。

通学のズックには穴が開いていたが恥ずかしいとも思わなかった。そんな心の余裕さえ持てなかった。同じ校内で小学生から中途失明者を対象とした専攻科二部の生徒が同時の入学式だから何の代わり映えもしない。強いてあげるなら教室が二階になったこと、各科目で教師の担当が代わること、成績は自ら頑張って上げなければならない百点法にかわったことくらいだ。ただこの年、待望の女子生徒が三人入ってきた。

これは珠輝にとっても助かること？　ではあった。前年二人が転校したものの、クラスは十七人とこれまた全校きってのマンモスクラスとなった。担任は昨年大学を出て本校に就任し、二年目の数学専門の木原光太郎先生だ。若手バリバリの先生は、杉浦先生に代わらない優しさを珠輝に注いでくださっていたのだが、人の温かさに接することの少なかった珠輝がそのことに気付いたのは卒業して何年も経ってからの事だった。

　珠輝たちは木原先生に三年間お世話になった。先生の口癖は、

「普通校の生徒は血の滲むような勉強をしてるのだ。受験が大変だからな。それに引き換えお前たちは何だ。ぬるま湯に浸かったような勉強の仕方でどうする。この学校全体がたるんどるのだ。」

　先生にはそのように見えたのは確かだろう。だが当時の視覚障害がある生徒の進路はほとんど按摩鍼灸に限られていたから言わば何の望みもなかったのだ。親をはじめ皆さん方は、

「それなら我こそは鍼灸の名人になってやろうと何故努力しないのだ。」

とおっしゃるが、果たしてそんな生徒はどれだけいたのだろう。珠輝自身そんな素直な性格ならどれだけ楽だったろう。当時流行していた歌手などに憧れることは、はたから見てもナンセンスだろうか。

障害児の成長は健常者には疎ましいことか

施設は学期が始まっても何の変化もなく、鬱陶しい毎日だった。そんな施設を嫌になって何人も退所した人たちがいた。根岸友里ちゃんや小村みっちゃん、珠輝の同級生の男子も寄宿舎に行った。房ちゃんは中高生の居室に変わった。担当も熊谷保母に変わった。ある朝珠輝は下半身に異常な感覚が起きていると思った。

「ひやあ、まさかおねしょではないよね。」

恐る恐る起き上がると河地がめざとく見つけ、

「先生珠輝ちゃん生理が始まりましたよ。」

「ああ本当ね。生理用品は持ってるなら早く出しなさい。」

珠輝は夏休みに母が準備してくれたから問題はなかった。いつもと違ってこの時の母は実に丁寧に使い方を教えてくれた。当時はナプキンなどなかったから脱脂綿をちり紙にくるんでの使用だった。楢崎保母は珠輝をトイレに連れていき、

「使い方は分かってるね。血液がどこから出るかも分かっているならいらんところは触ら

んこと。トイレを血で汚すと汚いし男子に見つかったら恥ずかしい事なんだから十分気を付けなさい。めくらのくせに人並みに色気だけは付くのだからねえ。」

珠輝にはその意味が全く分からなかったが楢崎が疎んじていることだけは理解できた。

その日房ちゃんに早速報告した。

「珠輝あんたも始まったね。これであんたとうちとは本当の親友よ。うちはあんたにどれだけこの辛さを話したかったことか。でも今までのあんたには理解できんやろう。」

確かにそのとおりだ。これだけは我が身に起きなければ理解できないことだ。珠輝は朝からの顛末を房ちゃんに話した。楢崎が言ったことも当然伝えた。

「珠輝あんたの親は偉いよ。うちの親は馬鹿やからそんなことも何にも教えもしないし用意もしてくれてなかったから熊谷に叩かれてね。」

「房ちゃんの担当は堀先生やろ。何で熊谷に叩かれたと。」

「それが生理になったことが分からなくてスカートを汚してね。それを見つけたのが熊谷だったとよ。堀さんは若いから熊谷には何にも言えんやろ。親の悪口は熊谷に散々言われるし叩かれるしで辛かったよ。堀さんはこれから気を付けてねって優しかったよ。」

「房ちゃん、生理が始まったら赤飯炊いてお祝いしてもらうというのに何で叩かれなければいかんとやろか。悲しいね。」

「それからというものトイレが汚れている度に疑われてね。しかも視力のある者が汚しても贔屓《ひいき》している子には冗談でも言ってね。あまりの差別に死にたくなったとよ。」

この日珠輝と房ちゃんが抱き合って泣いたことなど知る者はなかった。

全盲の生徒にはプライバシーなど許されなかった

今でも遺憾に思うのはプライバシーが侵害されたことだ。まず学期末の通知表は炊事婦に至るまで全職員に見せなければならなかった。その度、川上澄江はいつも珠輝をあざ笑うような態度をとったが耐えるしかなかった。

視力のある者たちはうまく立ち回ったようだが珠輝はいつも河地と川原雅子《まさこ》に引っ張られるように職員たちの前に晒された。また月に一度、施設便りが配布され、これを必ず各家庭に郵便として出さなければならなかった。その役を一人の生徒に担当させ、任された者は約六十人分の郵便物を事務室に届けなければならなかった。

視力のない珠輝がこの役を担当させられた時は大変だった。必ず誰かに手伝ってもらわなければならないからだ。

さらに郵便物を出す際には事務室に届けて出さなければならず、男女間の文通は禁じられていた。また届いた郵便物は各部屋の保母が生徒の机の上に置いてくれていたものを、いつの間にか事務室から名前を呼ばれた者がもらいに行かなければならなくなった。そのつど寮長の気まぐれで怪しいと思った生徒にはその場で読ませるというものだった。

珠輝は小学五年生の冬休みに誰からも言葉もかけてもらえず一人寂しく転校した大原君に手紙を書いて杉浦先生に出して頂いたところ、大原君がくれた返事を楢崎保母に読み聞かせなければならなかった。

もちろん差し障るようなことなど書かれていないから臆することはない。だが大原君には訳を書いて二度と手紙のやり取りをしないよう書き送った。今思うと家に出してもらうという手もあったろうが当時は気付かなかった。

さらに親からの手紙を保母に読んでもらわなければならないことにも、いささか抵抗があった。思うようなことが書けないからだ。親元に手紙を出すにもよほど信用のできる生徒に代筆を頼んだり読んでもらわなければならない。それでも知られたくないことはあるものだ。

当時は電話など各家庭にあるわけがなく、我が子のために点字を習得している父兄など皆無に近かった。なおかつ土日や祝日にも帰れないのだから父兄との心を通わせるのも難しかった。そんなおり珠輝と同室になったクラスメートの荒木結子の存在は大きかった。彼女は大人しくて口が固かったから珠輝や房ちゃんにはうってつけの人物？　だった。

それだけではない、川原雅子《まさこ》は漢字をよく習っていたし、勝江は参考書を読んでもらっては勉強していた。しかし不思議なことに楢崎保母は河地や雅子《まさこ》にはいろんな手伝いをさせても結子にお鉢が回ってくることはなかった。

その度に結子が「二人が何かをもらって食べていたよ」などと教えてくれるのだった。彼女は珠輝とは違い視力がかなりあるのだから雅子《まさこ》たちを羨ましくもあったろう。まして結子は早くに母と死別し、中学二年生の秋、お父さんが急死して、兄さん夫婦が保護者になってくれた身だ。そんな中、珠輝たちは中学三年となった。

束の間の安らぎ

昭和三十七年の春、なんと四年三カ月ぶりの部屋替えが行われ、隣の部屋の勝江を加えたクラスメート四人は中高生の部屋に入れられた。楢崎保母から解放されたのはよかったが、さらに厄介な熊谷藤子の担当ではないか。また頭痛の種ができた。ただ卒業学年の房ちゃんと同室になったことは嬉しかった。

この年の大きな課題はなんと言っても修学旅行と高校受験だ。珠輝の家では何を思ったのか旅行に着せるためか新しくセーラー服を作ってくれた。これを珠輝に見せたときの父の言葉が忘れられない。

「これがぼろに見えるか。」父はおそらく満面の笑みをたたえていたであろう。

貧しい父が我が子にようやく買い与えることのできたセーラー服を触らせながらの喜びを隠せ得なかったことが、当時の珠輝にも心に涙を誘わないではいられなかった。高校生になれば制服はスーツだからとは口が裂けても言えなかった。珠輝はこのセーラー服を学校を出るまで着こなすつもりだった。

さて高校受験に合格した者は三年間で按摩の受験資格が得られ、専攻科の二年間で鍼灸の受験資格が取得できる。高校卒と見なされる。これを俗に本科と呼んでいた。ここに入れなかった生徒は別科按摩科と言って二年間で按摩の資格を受験する事ができて、専門学校卒の扱いとなる。

当然大半の生徒は本科を希望するが、残念な結果に終わる生徒の方が多い。この季節になると木原先生の熱の入れようは半端ではなかった。一人でも多くの生徒を本科に入れたかったのだろう。珠輝は進路を聞かれたとき迷わず別科と答えた。本音は本科に行きたかったが早く施設を出たかったのと、家のことを思うと一日も早く働かなければという思いに駆られていた。

ところが合格発表で珠輝は本科だった。驚いた珠輝は、

「先生私の家は貧乏です。早く卒業して働かなければいけないのです。」

「丸山、君はやればできるのだ。目先に捉われてはいかんぞ。弟に金の無心でもしてみろ、恰好悪いだろう。」

先生のお言葉は心に染みた。三年間月々の保護者会費や修学旅行の積み立てが何度遅れたことか。それも珠輝一人だったが一度も請求したり咎《とが》め立てはされなかった。若いのに

大変思いやりの深い先生だった。だが珠輝は不気味だった。

合格したことは嬉しいにはちがいなかったが、何故かこれが黒い雲とでも言うのであろうか。何か分からないが頭の中にムクムクと湧き上がり、どうしても手放しでは喜べなかった。

恐ろしいことにそれは現実を的確に予想していた。木原先生は珠輝たちを卒業させると同時に他校へ転校された。

第10章

凩《こがらし》の中で

房ちゃんの最後の教え

珠輝が中学を卒業するのと同時に房ちゃんも按摩科を卒業した。

房ちゃんは施設を出る前の日に珠輝に最後の忠告をしてくれた。

「珠輝、うちはようやくここを出て行くけど、これからはあんたが熊谷の餌食になるとよ。うちが言われてきたことだけはせんように注意しなさいよ。けどあんたは頭が良いから別のことで虐めてくるよ。」

「房ちゃん嫌なこと言わんでよ。頭が良いとか悪いとか言っても、留年したわけでもないのに可笑しいよ。村田のお兄さんだって無事卒業したじゃない。私たちは静養室の兄弟なんだから頭のことは言うまいや。」

「分かった。けど珠輝、結子には気を付けなさいよ。ああしてるけど強《したた》かだからね。」

これには珠輝も驚いた。

確かにお父さんが亡くなられたとき思いのほかけろりとしていたことを思い出した。

だが彼女には結構世話になったはずの房ちゃんがそんなことを言うのだから何かが有る

と分かった珠輝は反論しなかった。

「それから温和に見える田所先生には気を付けなさいよ。あんた優しそうな人には直ぐいかれるからね。」

「あの先生は確かに寮長と違って話しやすそうだけど、音も無く現われていきなり、珠輝ちゃん睡眠学習が大分すすんどるなあ、なんて言うから気味が悪いよ。」

「それが分かってるなら言うこと無いよ。あの人はこっそり生徒の言動を見て逐一寮長に報告して居るのだからね。うちはこんな所には二度と来ることは無いけど何処かで会えると良いね。」

珠輝は言いようのない悲しみに襲われた。

こんな所では房ちゃんとの文通も思うようにはいかないだろう。

村田のお兄さんとも会うこともない。

「房ちゃんたまには手紙ちょうだいよ。熊谷に読んで聞かせるときには適当に読むから。」

「分かった。出来るだけ書くよ。珠輝、頑張りぃよ。寿実とも仲良くね。」

「有り難う。これから仕事をする事になるんやね。房ちゃんも頑張ってね。」

堅く手を握りあったものの、珠輝は心で泣いていた。

房ちゃんが居なくなったこんな所でどうやってくらしていけばよいのだろう。

そんな珠輝の悲しみを他所に房ちゃんは施設を去って行った。

結子の裏切り

珠輝の部屋は相変わらず全く視力のないのは珠輝一人だった。クラスメートだった四人をはじめ、最年長が河地と角広子という本科の、かなり視力がある生徒で、秀ちゃんと変わらず熊谷と寮長から寵愛《ちょうあい》を受けていた。さらに彼女は秀ちゃんより要領がよかったから珠輝には太刀打ちできなかった。そんな中、熊谷が珠輝に言った。

「珠輝ちゃん、あんたこれから室長をしなさい。」

珠輝は間髪入れず断った。

「先生、私には荷が重すぎます。角さんと河地さんがいるではありませんか。」

「この二人は卒業学年でしょうが。しっかり勉強してもらわないといかんとよ。あんたは目が見えないくせに室長でもして人の役に立つことくらいはちっとは考えなさい。」

「けど、それなら全子《まさこ》さんが適任と思いますが。」

「目が見えないくせに大きな口ばかりたたきなさんな。」

房ちゃんが言ったようについに室長にさせられてしまった。川原全子《まさこ》は副会長になったのだ。会長は寮長と同じ名前ということもあるのか、これまた寵愛をうけている小原俊吉だった。珠輝より二年先輩だった。室長になるとどうしても視力のある者が有利だ。食堂におやつを取りに行くにもゆっくり歩く。

「〇〇室、遅い。」これ見よがしに熊谷保母が怒鳴る。かと言って他の者に行かせるわけにもいかず、嫌なものだった。そんなおり、いよいよオデキが体中にできはじめた。これは楢崎保母の時には家からガーゼや吸い出しを送ってもらい自分で治療していたのだがそれを熊谷が見つけて病院に通うことになった。

このときも、「なんねその様は。あんたは血が濁ってるとやないね。」

なんということをほざくのだ。かと言って熊谷からは一度も病院になど連れていってもらったことはなかった。筆者としてあえて書いておくが精密検査では何も悪いところは出なかった。

これは東洋医学の治療を受ける方が適している。でき物というのは体内の勢いがよく、余分な物を体外に押し出すためにオデキとして現れるのだ。従って医者に見せるより鍼灸で治療する方が治りが早い。これを施設の職員が無知なゆえに珠輝が泣くことになった。そうなると通院には結子の手を借りるのが好都合に思えた。

珠輝もこっそり内緒金を持っていたからそのつど結子に飴の一つも舐めさせていた。だから珠輝自身が使うことはあまりなかった。結子も内心それを目当てにして珠輝の通院に付き添ってくれた。結子に他のものたちもおやつを頼んでいたようだ。

ある日、財布の金が二百円そっくりなくなっていた。驚いたもののこの件は誰にも話すわけにはいかない。珠輝は何気なく結子に金を持っていたなら百円貸してくれるよう頼んでみた。父が面会に来てくれたときに返す約束をしたところ、快く承知してくれた。結子はお札を一枚渡してくれた。ありがたい、と思ったのもつかの間。それは紛れもなく珠輝が持っていた百円札ではないか。

ここもあえて説明しよう。珠輝はお札を二枚もっていて、四つ折りにして財布に入れていた。ところがその一枚のお札の角が一か所、三角形に切り取られていたのだ。この札を手にした際、「なんでこんなことをするのだろう。」と呆れたものだったが、これこそ珠輝に大変な経験をさせるために何者かが与えた試練のようなものだった。

結子はそんな事は知らないから何も考えないで渡したのだ。心の中が凍り付くというのはこんなことではなかろうか。だが結子には気付かれてはならない。平然と借りておき、やがて父が面会に来てくれた際、きっちり返した。

予言者房ちゃんがこの時ばかりは恨めしかった。今度こそ珠輝は孤独だった。

針の目

秋も深まり、珠輝は苦手な数学が思うように理解できなかった。高校の担任もこれまた森山という数学担当の中年教師だった。この教師は学校では古株だったが木原先生とは違い成績のよい生徒に対しては親切だったが、そうでないものには男女問わず不親切だった。

今なら食らいついてでも教えを請うのだが当時の彼女にはそんな勇気はなかった。したがってますます遅れるばかりだった。そんなある日の通院に持ち金がなかった珠輝はその旨を結子に詫びた。

「それはよいよ。でも頼まれた物があるからちょっと寄るね。」

そう言って結子はスーパーに入った。品物を探しているのだろうと思いつつ結子を待っていると、そのうち周囲が何となく騒がしくなり異様な雰囲気に包まれた。

その瞬間、「ちょっと借りますね。」そう言ったかと思うと店員らしき女が無遠慮に珠輝の胸ポケットから定期入れを抜き取って去って行き、しばらくして返してくれた。その後珠輝は何とも言い知れぬ周囲から悪意に満ちたような嫌な雰囲気に包まれた。不思議なものでたとえ視力はなくても珠輝にはそんな感覚はビシビシ伝わってくる。なんと結子が万引きをした所を見つけられたのだ。

後で聞いた話によると、このスーパーでは既に結子はマークされていたらしい。それでもかなり見逃してくれていたらしいが度重なる結子の万引きに、スーパー側としてもこのまま放ってはおけないと意を決したらしい。

珠輝の定期から早速施設に連絡が行った。帰宅と同時に、

「寮の恥を定期まで見せてご丁寧にさらしていただきましてありがとうございました。おかげで私たちもとんでもない恥をかかせていただきました。」

熊谷が珠輝に発した第一声だった。警察がなければ今でも首のひとつも締めてやりたい。赤の他人とはいえあんまりではないか。珠輝がどれほど我が身の不甲斐なさと火の出る

ような辱めを受けたかなど毛ほども感じていないのだ。施しを受けながら学問を身に付けるにはこれほどの屈辱にも黙って耐えなければならなかったのだろうか。珠輝はどうしようもない脱力感に襲われた。それでも熊谷が珠輝の通院に付き合うことはなく、水村美登里ちゃんに頼むことにした。

これには熊谷も何も言わなかった。言えるはずないだろう。職員のいい加減さにも程がある。

法廷と化した居室での珠輝の決断

結子の件はこれだけでは済まなかった。

保母達の間から下着が盗まれるなどの声が上がった。寮長と熊谷が結子の私物を調べたところ、高価な下着やなにかが色々出てきたようだ。さらに結子は盗んだ下着を身に付けていたところを熊谷保母が見つけた。驚いたことに、そんな際の結子の態度はかつて見たことのないふてぶてしいものだった。

こうなると自習時間の居室はまさに法廷さながらだった。全員の自習時間は十八時三十分から二十時までで、二十時三十分から二十二時までは中高生は食堂に集まっての自習時間だった。珠輝はその時でないと勉強もできなかった。熊谷がいちいち室長はどう思うかなどと聞いてくるからだ。

珠輝は意を決して室長を辞めさせてほしいと申し出た。

「あんた中途半端で投げ出すようなことはしなさんな。そんなことをするとあんたの値打ちが下がるとよ。目の見えんあんたが役に立つにはこのくらいでしょうが。」

「値打ちなど、どうでもよい事です。とにかく私には荷が重過ぎますから辞めさせてください。」

「ろくに役にも立たないくせに勝手なことを言わん。」

熊谷はそう言って珠輝にビンタを食わせた。一事が万事、珠輝は何もかも嫌になった。数学は全く分からなくなるし、勝江に聞いても教えてくれなかった。当時の珠輝は部屋の人間ほとんどが敵だった。かろうじていつも病院に付き添ってくれる美登里ちゃんと、知的に少し障害のあるが心は神様のような栄子ちゃんだけが救いだった。

これは卒業して何十年も経ってから分かったことだが、なんと秀才の稲森勝江が数学では二学期は欠点だったという。

それを珠輝に知られたくなかったらしい。結子の件は保護者である兄さんが呼ばれた後、一軒落着したようだ。やがて二学期が終わり三学期も終わりに近づいたころ、珠輝は担任に呼ばれた。

「丸山なんだこの成績は、このままだと落第だぞ。」

頭の上から振り下ろすような居丈高《いたけだか》な物言いだった。だが珠輝は全く動じなかった。おそらく表情一つ変えなかったろう。

「はい分かっております。私は別科にまいりますからその方の手続きを御願いいたします。」

今度は担任が泡を食ったようだ。

「別科にねえ。それはご両親と相談してからの事かね。」

「いいえ私の考えです。これは自分の事ですから親には関係のないことです。」

「まあ、そんなに短気にならずにもっと冷静になって考えなさい。」

「その必要はありません。私の考えは変わりませんから。」

「まあまあ、そう短気になりなさんな。」

全く気味の悪い担任の態度だった。やがて終業式が来たが当然珠輝は出席できなかった。

だが珠輝は恥ずかしいとは思わなかった。むしろ別科に移ることに安心感と楽しみさえ見出していた。

「これからは寿実ちゃんと同じクラスで勉強できるのだ。」

ところが寮長がこれまた余計なことをほざいた。

「みんな御苦労やった。中には卒業できなかった人もいるようだが、そんな人は学校が必要としてるから残すのだから落ち込むこともないからな。」

張り倒したろか。部屋に帰ると川原全子《まさこ》が、

「うちたちは学校から必要とされてないからさっさと出されるとやね。珠輝ちゃんあんた残されてよかったねえ。それだけ学校から必要とされてるんだから。」

これまた首でも絞めたくなった。

涙の泉は枯れなかった

恥も悲しみも感じなくなった珠輝は、まるでぼろ布のような心を抱いて帰省した。案の

定、母は珠輝には冷たかった。だが母の心は末弟がこの春小学校に入学する事に重きを置いていたようで、案ずるより安らぐ事ができた。そんなおり、担任の森山教師から進路の件で両親宛に郵便が届いた。母は追試を受けるように進めたが頑として拒んだ。やがて施設に戻る日が来た。不思議なことに父は今回の事に関しては一言も発しなかったのに施設の入り口近くに来たとき、「お前もう一度よく考えてみないか。」

「お父さんその必要はないよ。もうこの考えは二度と変えようとは思わないよ。」

「そうか。」

だが父のその一言は珠輝の心を貫いた。貧しいが故に実馬に学校にも行かせてもらえなかった父、それにひきかえ我が娘はわざわざ受けられるべき学問の道を己の手で捨て去ろうとしているのだ。

父の心は如何ばかりだったろう。このとき珠輝は心で泣いた。熊谷が、結子が、そして寮長が雅子《まさこ》が憎いと思った。殺せるものなら殺してやりたいと思った。場違いな事かもしれないが、己に流した涙ではない。そんな父を悲しませた奴らが憎かった。さらに後で木原先生に偶然声を掛けられ、

「丸山元気か。」

「ああ、先生こんにちは。おかげさまで元気です。」

「一年やろう。」

「はいピカピカです。」

そうは答えたものの心では泣いていた。せっかく珠輝を本科に行かせてくださったのに、誰よりも貧しかった珠輝を優しく見守ってくださった木原先生を悲しませた自分が許せなかった。進路を変えたことには何の未練もないが大切な人達を悲しませたことが辛かった。

施設に帰ると驚いたことにあの熊谷から担当保母が代わっていた。

今度の担当は唐沢真知子という珠輝より二つ年上の人で、彼女は奉仕グループの一人として高校生のころから施設に来ていた人だ。彼女は当時から寮長の受けもよかった。今までは唐沢さんと呼んでいたのがこれからは唐沢先生だ。

それにしても熊谷の態度はなんだ。完全なる責任回避ではないか。だがぼろぼろの珠輝にとって毒にも薬にもならない唐沢保母のおかげで卒業までの二年間は施設では初めて順風満帆の日々を送ることができた。

新しい仲間たち

珠輝は按摩科に入学したが、ここでも二十人という本校きってのマンモスクラスだった。珠輝を入れて七人が新たに加わった。このクラスの実年齢の生徒は全体の三分の一で、既に社会に出て視力を失った人たちが多かったせいもあり、珠輝を特別視する者もなく、むしろ好意的ですらあった。

中には沢村さんのように母子家庭の兄弟を見ながら生計を手伝っていた生徒や、悟兄さんのようにお母さんと二人で鉄くず拾いに勤しんで家計を助けていた友もいたのだ。珠輝はこのクラスに来るべくして来たのかもしれない。施設での虐待を受けていると、常に自分を悲しみのヒロインに押し上げようとする性根を彼等が変えてくれたからだ。

そんな事からか鍼灸科の生徒とはひと味違った団結力の中にほのぼのとした優しさがあった。入学当初からの合い言葉は、「全員按摩免許取得の合格を目指そう。」だった。

担任は中途失明で本校の専攻科二部を出た志村先生だったが、先生そっちのけでみなで問題を作って出し合っての勉強会だったから楽しいものだった。寄宿舎の生徒と通学生は施設の生徒より自由がきいたから羨ましかった。だがここでも悪魔は虐待の手を緩めようとはしなかった。死に物狂いで頑張っていたにもかかわらず、一年が過ぎると六人の生徒がクラスを去った。

中でも二人の生徒は進路変更で程度の高い学校へ転校したからよかったが、二人の留年は学校に残ったものの、後の二人はどこへともなく去って行った。この時珠輝の胸は掻きむしられるほどの悲しみに襲われた。点数を分けてやれるものならそうしたいと思った。

中でも珠輝を妹のように可愛がってくれた中田悟兄さんが去ったことはショックだった。兄さんが貧しい家庭の生徒とは知らず、お菓子やハンカチを平気でもらっていた。ところがお母さんと一緒に鉄くず拾いをしている事を知ってからというもの、お兄さんの優しさが身に染みた。

視力のない珠輝や寿実ちゃんが哀れだったのだろう。珠輝は兄さんに心で詫びながら、残った十四人の仲間と一緒に受験に向かって邁進しなければならなかった。

第11章

太陽に向かって

忌まわしい試験日が近づいたある昼休み、珠輝は見知らぬ女性に肩を叩かれた。

「丸山珠輝さんですね。」

「そうですが。」

「私について来てください。」

彼女は有無を言わさず珠輝を椅子から立ちあがらせた。

珠輝はその無礼な振る舞いにむっとしたが、相手が急いでいるようなのでしたがうことにした。

彼女は口も利かずに人気のないところに珠輝を連れてくると、

「お姉さん来てもらったよ。」

初めて口をきいたかと思うと、

「珠輝、久し振り。」

なんとそこには2年前別れた房ちゃんがいるではないか。

彼女から一度手紙をもらったきりで音信不通になっていた。

「房ちゃんあんまりやない、うちの事なんか知らん顔して。」

「そうやからお詫びに来たとよ。うちにもいろいろあって、これからはしばらく本当に会えんようになるとよ。うちはもう直ぐ東京に行くからね。」

「東京に？」

珠輝は余りのことに言葉が出なかった。房ちゃんが外国にでも行ってしまうような寂しさに襲われた。

「珠輝、びっくりさせるけど誰にも内緒よ。施設の奴らに会うのが嫌だからここに来たんだからね。時間がないから急いで話すよ。」

そう言って彼女は今までのいきさつを話してくれた。彼女の話は次のような事だった。房ちゃんは卒業はしたものの、どうしても歌を諦めることができなかった。そんなおり、筑紫温泉を会場にのど自慢が開催されることになった。反対する母親を説得し、房ちゃんは遂にマイクにむかうことができた。震える足に力を込め、彼女は懸命に歌った。「カンカンカンカンカン」瞬間彼女の足元が崩れ床に座り込んでしまった。そこへどこから来たのか一人の青年が彼女を支えて立たせてくれた。司会のアナウンサーが何か問いかけたがどう応えたのか全く記憶になく、ただ涙が滝のように流れた。やがて彼女は控え室に連れて行かれた。合格者はそこに集められた。番組が終わると審査員を始めスタッフたちが入ってきた。一人一人に今後の抱負を聞いた。やがて房子の番が来た。レコード会社のスカウトらしき男が「斉藤さんはお目が不自由ですから歌手には向いてませんね。お家で好きな歌を歌ってください。」

「何とか歌の道に進むことはできないでしょうか。私は歌が好きなのです。」

「そう言われても歌手は遊びじゃないのです。それにあなたは目が見えないから分からないでしょうけど、はっきり申しあげて身なりが貧乏くさい。アクセサリー一つ付けていないではありませんか。お客は歌を聴くだけではなく、衣装にも厳しいのです。悪いことは申しません。家でお年寄りにあん摩でもして可愛がられた方がよいですよ。」

房子は唇をかんだ。今度は止めどなく悔し涙が溢れた。

「茂永君のところには彼女は必要なさそうだからぼくに話をさせてくれないか。」

「はあ、ではまあ。」

茂永は渋々房子を男の前に連れていった。この人こそ作曲家で知られた赤木逸彦だ。

「ここではなんだから場所を変えよう。お母さんも一緒に来てください。」

赤木は立ちあがると人気のない部屋に入った。房子親子に続いて房子を支えてくれた青年もやって来た。赤木は自己紹介を済ませると早速本題に入った。

「あなたは歌手という仕事がいかに過酷なものか、理解ができますか。目が見えていても大変ですよ。」

「それは分かります。けど歌を歌いたいのです。スターを目指そうとは想いません。みんなの前で歌いたいのです。」

赤木は腕を組み考え込んだ。そこへ青年が口を切った。

「先生、彼女を助けていただけませんか。私も彼女に投資したいと思います。確かに彼女の胸元には何にもないから寂しいです。だからこのペンダントを託そうと思います。これは私のために作った初めての作品ですから大振りです。この人は体格がよいから似合うと思います。」

「加賀君それは……」

「だから彼女に託してこれをうんと輝かせて欲しいのです。先生、目が見えないということは自分で確認しないと盗みもできないんですよね。ここに財布を置いていても彼女には見えないから中のお金をなんて考えません。これは縞メノウで作った向日葵のペンダントです。向日葵は必ず太陽を真っ直ぐ見てます。心に疚しい事があればお天道様を拝めないと言うでしょ。それに太陽だけはどんな人にも公平でしょ。月も星も虹も彼女には分かりませんけど、太陽だけは自分の存在を熱を以て教えてくれますよね。ぼくは太陽こそ大いなるものの精ではないかと思うのです。」

「君は随分難しい事を考えるんだなあ。斉藤さん、彼はジュエリー作家としてようやく認められたんだよ。彼は長野県の山奥でね。大勢の兄弟とお爺ちゃんお婆ちゃんまでいる大家族の中で頑張ったんだ。その初めての作品をあなたに託そうとしてるんです。くじけないでやっていけますか。」

「や、やります。先生どうすれば歌手としてやっていけますでしょうか。それに加賀さんにもお金を払わないと。」

「ぼくはお金なんかは要りません。あなたが稼げるようになったらぼくの作品を買ってくれればそれでいいんです。それまでこのペンダントを磨いてくださることを願います。」

この青年こそ後にジュエリー作家の大御所となり、珠輝まで御縁ができようなど想像すらできなかった。

「斎藤さん、君は今回歌謡曲を歌ったが僕は日本流のR&Bを作りたいと思ってるんだ。できればそれを君に歌ってほしい。リズム&ブルース系は嫌いかね。」

「先生、本当は私、洋楽が好きなんです。でも、おけさ渡り鳥を歌ったのはポップスを歌うと鐘一つのような気がしましたから何でも幅広い歌を歌える歌手になりたいのです。」

やがて赤木は房子を内弟子にする事を決断し、毎日の発声練習は勿論、たまには家族に按摩を施術する事を房子に約束させた。さらに妹の清美が近くに住み、姉のメイクを担当する事になった。デビューまでには時間がかかりそうだが、つなぎに温泉センターで当面歌うことになったという。赤木によると、立ちあがった明星レコードが男性の全盲歌手を採用したことから、彼は日本きっての早川レコードからのデビューを狙っているという。この会社の社長は目の見えない人に対して特に理解がある人だという。珠輝は夢でも見ているようだった。

「珠輝このペンダントの形、よーく覚えておいてよ。加賀さんとは同い年よ。けどこんな優しい人ここにはいないものね。赤木先生も博多の出身だって。苦労して一家心中まで考えたそうよ。でも加賀さんとどんな辛い目に遭っても自死だけは決してしないってね。だから珠輝も石にかじり付いても生き抜いて。あんたにレコード買ってもらえるよう頑張るよ。」

「さっきは失礼しました。妹の清美です。姉の親友でいてください。」

珠輝は房子の成功を祈りつつ別れた。そこまで上り詰めた房子が誇らしかった。さらに加賀雄三が彼女に託した向日葵のペンダントの感覚が手に残っていた。

第12章

頂上を目指す前に

1　友の門出にエールを

珠輝は山の9合目まで上った。見下ろせば石ころだらけでなんと殺伐とした山だろう。かと言って感謝に堪えない人達にも出会ってはいるのだが、紙面の関係で詳しく書けなかった。そんな機会に出会うことができたら幸いだが。

そこで一杯のお茶代わりに、見えないが故に味わった体験に笑っていただければ幸いだ。絶対絶命。

昭和二十八年の新年、珠輝は富子とお揃いで祖父母が買ってくれた七五三の振り袖をきせられ、父に連れられて年始参りに出かけた。父はバイクの荷台に箱を括り付け、正装した珠輝をその中に座らせて走った。バイクから降ろされる度に、

「明けましておめでとうございます。」

と挨拶すると、

「まあよくご挨拶ができて賢いねえ。お年はいくつ、お名前は?」

それに珠輝が答えると、その家の大人たちは果物やお菓子をくれた。何軒か回ると箱の中はそんな土産で一杯になった。実は出かける前に母に、

「よその家に行ったらしっかりご挨拶しなさいよ。行儀の悪い事をしたらいかんよ。あんたが行儀の悪いことをすると、お父さんやお母さんが笑われるのだからね、分かったね。」

これは母の口癖だった。そう言いながら母は珠輝に薄化粧をして送り出した。珠輝も彼女なりに母の言いつけを懸命に守った。やがて最後の家にやって来た。この家は今までの家とは明らかに様子が違っていた。その家には珠輝より年上と思われる子供たちが何人もいた。最初に大人が珠輝に声を掛け、珠輝が挨拶するが速いか子供たちが次々に質問を浴びせた。

「あんたなんて言う名前？」

「年はいくつ？」

「お家には何人いるの⁉」などなど。答える度に、

「偉いねえ。」

「頭がよいね。」などの言葉が掛けられた。その内誰かが珠輝の手に蜜柑をのせ、

「珠輝ちゃんこれ何か分かる？」

「蜜柑。」と答えると、

「わあ蜜柑が分かるんやねえ、偉いねえ。」その子はいかにも感心した様子だった。それ

からというもの子供たちは次から次に品物を珠輝の手に載せてはそれが何かを尋ねてきた。彼女は「柿、リンゴ、自動車、」と次々に即答した。するとその度に子供たちの間から、

「珠輝ちゃんなんでも分かるんやねえ。」

「偉いね。」

「頭がよいね。」などの声がかかるから、珠輝はすっかりそれに酔いしれてしまった。しかし心の片隅では、何でみんなこんな事に驚くのだろうと不思議だった。珠輝が知ってることはみな他の子も知っていることを、彼女は何故か分かっていた。やがて珠輝を酔わせた言葉にフィナーレがやって来た。

「珠輝ちゃんこれ何か分かる?」そう言うと、その子は珠輝の手に得体の知れない物を載せた。当然それは彼女がかつて一度も見たことのない物だった。

「さあこれは何だ、何だ。」今度はとんでもない声が掛けられた。しっかり酔わせてくれたあの言葉よもう一度。心で願っても手にした物体の正体は皆目見当が付かない。その内珠輝の心臓は早鐘のように打ち始めた。だんだん息が苦しくなる。とうとう珠輝は観念した。間違っていると分かっていながら答えなければならないこの辛さ。

「分かった。これはね、底が抜けた木のやかん。」瞬間やんやの声が一瞬水を打ったよう

に静まったかと思うと、次には爆笑の渦に包まれた。

「わあ底の抜けた木のやかんだって。」だが笑われても珠輝は恥ずかしいとは想わなかった。むしろ苦しみから解放されてほっとした。

「これ何なの？」

「それは木魚たい。」

「木魚ってなんすると？」

「これを叩きながら仏さんにまいるとよ。」

「家には鐘と鈴はあるけどこんな物ないよ。」

「家にも鈴も鐘もあるよ。けど木魚も叩いて拝むとよ。」

年かさの子が丁寧に教えてくれた。物当て遊びはここで幕を閉じた。その後珠輝の頭から木魚の形が消えることはなかった。

当時5歳半の珠輝は自分は障害児であることを全く知らなかった。あの家の大人たちは珠輝が来ることをあらかじめ予想していたのだろう。

子供たちに「めくら」とか、「あんた目が見えないのに」などの言葉を掛けないように言い聞かせてくれていたのだろう。だから今でも楽しい想い出として心に残り、思い出す度顔がほころぶ。既に鬼籍に入られたろうが、あの時の大人の人達、楽しく遊んでくれた子供たちに感謝しないではいられない。

2　受験

房ちゃんとの別れから三日後、珠輝たちは最初の難関である、検定試験を突破しなければならなかった。試験は筆記と実技の二日間行われ、筆記試験はそれぞれ地元の養成施設や盲学校で受験できたが、実技試験は、福岡県下の視力障害の受験者が、珠輝の学校に全員集まって受けなければならなかった。

筆記試験は各自のペースで進めばよいが、実技試験は珠輝にとって正に目の前がまっ暗になるような事態が起きた。実技は二人の試験官の評価を得なければならず、最初の試験官は枯れ木のごとくガリガリの痩せ型で、そのくせ頭のてっぺんから出るような高い声の持ち主だった。ここは問題なく突破できた。

だが、次の試験官は横縦がっちりした大男だ。ちなみに当時の珠輝嬢の体格は、百四十センチメートルそこそこの身長に、三十五、六キロの体重だった。さらに試験官が座って

「はい、椅子です！」そう、この椅子が高すぎるから苦労しているのだ。椅子の「い」に

「あんたにはこの椅子は高すぎたねえ。」

そう応えて珠輝は意を決した。まず右手を彼の肩に置き、つま先立ちして右手に体重をかけ、左手の親指を彼の肩に置き、懸命に動かした。体は完全に床から離れ、右手で彼におぶさったような、何とも珍妙な恰好だ。すると、

「いいえ。」

「どうしたね、僧帽筋が分からないのかね。」

途方に暮れる珠輝に試験官は、

「これでは満足な施術はできない、どうしよう。家は貧しいのに絶対に合格して働かないと。」

「僧帽筋《そうぼうきん》に拇指揉捏《ぼしじゅうねつ》を、やってください。」

その声は腹に響くバリトンだった。いや驚いたの何の。そのバリトンは珠輝に重圧をかけるには十分だった。

いる椅子は背が高いから、彼の肩から背中は珠輝の首のすぐ下にある。これでは力など入るわけがない。

精一杯憎しみを込めて叫んだ。

「ご苦労様。」

バリトンが響いた。珠輝は係員に会場から室外に誘導されるが早いか座り込んでしまった。一息ついたところで立ちあがり、今まで学んだ教室に向かった。

「誰な。」

引き戸を開けると寿実ちゃんの声がした。

「ああ疲れた。」

「丸山さん床が濡れとるけんすべらんように気を付けないよ。」

「何で床が濡れてるのよ。さてはトイレに間に合わなかったな。」

「はしたないこと言いなんな。これは俺とあんたの血と涙たい。」

「それなら寮の床の方がずるずるよ。みんなのために火でも付けて燃やしてやりたいよ。他の人が私たちのように泣かなくてすむようにね。」

するとと寿実ちゃんは、

「俺は嫌ばい、俺がこれだけ泣いたんやから、他の者にも俺のように泣いてもらわんと気がすまんばい。」

「寿実ちゃんなんてことというの。もっと優しい気持ちになりなさいよ。」

寿実ちゃんはそれっきり口を閉じてしまった。今なら珠輝は寿実ちゃんに土下座して詫びたい。彼の苦労からすると、珠輝はまだまだ甘かった。

やがて担任の志村先生を囲んでの送別会の幹事である沢村さんが、みなを集めるため二人を呼びに来た。

エピローグ

「おい、春子、今日はしっかりお酌しろよ。美味い酒が飲みたいからなあ。」

「まあ孝夫さん、ほどほどにしないと体に毒ですよ。」

「よっ、ご両人。」

幹事の沢村さんが割って入った。

苦しかった試験から二週間が過ぎ、合格発表では、当然珠輝のクラス十四人全員合格。この仲間たち全員が、博多の寿司屋の奥座敷に顔を揃えた。だが、担任の志村教師の姿はなかった。みな最後のひとときを気楽に過ごしたかったから、あえて担任を呼ばなかったようだ。

炭鉱育ちの三井孝夫と、熊本の農家の出身五木春子がカップルになるのにほとんど時間はかからなかった。二人とも既に二十代半ばを過ぎていたことも一つの要因だったろう。みな二人を温かく見守った。それだけに注目の的でもあった。だが、この二人の関係を快く想わなかったのが担任の志村だった。志村はふざけた調子で孝夫が春子に言葉を掛ける度に難癖を付けた。それをいつもやんわり取りなしていたのが孝夫より一つ下の坂亜由美だった。

「先生、この二人は家の父さんと母さんで、私が長女で後は弟妹ですよ。なんせこの二人、一ダースも子供をもうけたのです。ラジオドラマのお父さんはおっちょこちょいと一緒で、みなでちゃぶ台を囲んでいると思ってくださいよ。みんな家がこいしいのですよ。」

流石の志村も亜由美に言葉が返せなかった。

「お二人さん、絶対幸せにならんといかんよ。」

「当たり前よ。春子さんを泣かしたら承知せんからね。」

それぞれ声が飛んだ。

「ありがとう。しかし、幸せにならんといかんとはみんなばい。沢村くんは養成施設の鍼灸科の試験に合格したやろ。俺は落ちたけどな。それから寿実は大阪に就職するとばい。全盲が一人で慣れん土地に行くとは大変ばい。俺も全盲やけど春子がついとるきな。」

「父ちゃんごちそうさま。」

年嵩の亜由美さんが声を掛けた。座は和やかに過ぎていった。

そんな中、珠輝は亜由美に肩を叩かれ、みなと離れたところに連れていかれた。

「珠輝。ありがとうね。私はあんたに七年前に会ってるのよ。私の声に聞き覚えなかった？」「どこで会ったの？」

いつもなら丸山さんと呼ぶのに、珠輝と亜由美に呼び捨てにされたのは初めてだ。それだけに珠輝は解せなかった。

「私は今夜の夜行で秋田に行くの。大阪まで寿実ちゃんと一緒にね。そうしたらもう二度と会えないだろうからお別れを言いたかったのよ。あんたはばっかみたいに純情だから人に騙されないように気を付けなさいよ。」

亜由美は珠輝の手を取り、耳元に口をよせた。

「珠輝、負けないでね。」

「あっ、お姉さん。」

その瞬間、珠輝の背筋に電流が走った。亜由美の手のぬくもりをはっきりと思い出した。小学生の頃、珠輝はある場所で亜由美に会っていた。

「あんな優しいお姉さんが何故こんな所に、私ずっとそう思ってました。お姉さんは目を患ったんですね。」

「そう。自殺ばかり考えて、やけくそでここに来たの。そうしたらあんたがいるじゃない。

私あんたにどれだけ励まされたものか。全く見えないあんたと寿美ちゃんが、しかも地獄のような施設で頑張ってたものね。珠輝、助けてくれてありがとう。あんたのこと決して忘れないよ。」

「私だって、お姉さんにいろいろ助けてもらったこと忘れないよ。でも死ぬのはお迎えが来るまで自分から行っちゃだめよ。」

「分かってる。だから秋田で婆ちゃんに精一杯按摩をしてあげるの。」

そう言って亜由美は微笑んだ。やがて座も終わりが近づいた。

「みんながっちりこれからの人生強く生き抜くことを誓おうじゃないか。」

沢村さんの号令でみな肩をくんで輪になった。

「えい、えい、おお！」

掛け声と共に力強い拳が天に向けられた。それから、遠く離れる寿美と亜由美をみなで駅まで見送った。さらにこの日を境に十四人全員が、人生号という、出会いと別れを繰り返しながら、終着駅の見えない列車に乗り込み、その列車も音もなくホームを離れた。

あとがき

この書を書き始めたのはよかったが、書いていくうちだんだん腹が立ち、あるときは食器をたたき割り、あるときは人形を投げ壊した。

私の出生から社会人になるまでを書き綴るうち、私をいじめ抜いた奴らが許せなかった。なんの苦労もなくのうのうと気楽に生きているであろうと思っただけでもむかついてくる。どんなに汚い言葉を投げても投げても我が心楽にならざるだ。

私のように全く明かりを知らない人で結構物を書いている人は多い。ただ彼等は著名人が多く、人や能力財力に恵まれた人が大半のようだ。私のような、名もなき金なき能力なき、サラブレットではないただの人、泥水をすすりながら幼少期から学生時代を送った人が書いた作品に出会ったことがない。

そこで私はあえて自分の恥をさらしながら書いた。全く視力のない人達の置かれていた立場を少しでも晴眼者の皆様に知っていただければ望外の喜びである。中でも私を欲得抜きで、全力をかけて支えてくださったジュエリー作家の桐山勇三先生には感謝に堪えない。

先生との出会いはあるホテルの展示会に出かけてのことだった。誘ってくださったのは、ある洋装店のご主人だった。彼も何故か私に目をかけてくださり、

「あなたたちは光は見えなくても手の感触でよい品かどうかを見分けることはできるはず。何も買わなくてよいから勉強だと思って行きませんか。」

確かにご主人のおっしゃる事に間違いはなかった。今は鬼籍に入られたが、この方も私には神様だった。

ところで桐山先生の作品はあまり人が気にしないような所に細かな気配りが施され、ジュエリーとはほとんど無縁だった私が、本来なら私は見向きもしないような金額のペンダントに引きつけられてしまい、何が何でも手に入れたいと思った。恥も外聞もなく、初めてお会いした先生に、しかも次の日電話口で、

「先生、私にはこのペンダントを買えるだけの貯金はございません。だけどどうしてもこのオパールが欲しいのです。分不相応な物というのは重々分かっておりますが、どんなことをしてでもお金はお支払い、いたします。何とか今しばらく助けていただけないでしょうか。」

生まれて初めてこんな大それたことを言ってのけた私に、

「よいですよ。ぼくはあなたを信じます。もし、あなたがペンダントに飽きたなら何時でも返してくださってかまいません。肩の力を抜いて、気楽に付き合ってください。」

なんと温かいお言葉だ。初めて出会った障害者の貧しい者を全面的に信じてくださった。桐山先生は正に太平洋のようなお方だ。このオパールこそ先生との御縁を結ぶため私に寄り添ってくれたのだと信じて止まない。悲しいことにオパールの美しさを愛でて書き表すことはできないが、きっと分かってくれているだろう。

また先生が背中を押してくださらなかったならこの書は生まれなかった。冒頭にとんでもないことを書き殴ったとき、私の心は大時化《おおしけ》だった。そんなおり、

「珠輝さん、幻冬舎ルネッサンスのスタッフの皆さんが応援してくださっていますよ。」

激励のお電話を頂き、私は思わずオパールを取り出して触れた。

すると私を支えてくださった木原先生、杉浦先生、松元先生をはじめ、感謝に堪えない方々の声が一斉に頭に響いた。今まで波立っていた心が嘘のように静かになり、今度は涙が止めどなく流れた。皆様に支えられてきたおかげで今がある。

さらに幼少期、見て見ぬふりをした大人たちをよそに、私より三つも年下の痩せっぽっちの、めそめそ富子が、紙芝居の帰りに、がき大将が私に投げる石や棒の中をかいくぐり、

手を離すことなく家まで連れ帰ってくれた彼女の勇気と正義感の強さにも感謝だ。

又、この書の発行にご尽力いただいた幻冬舎ルネッサンスのスタッフの皆様には感謝申し上げます。

令和五年五月

丸山珠輝

解説

ジュエリー作家　桐山勇三

私は自分が歩んで来た人生の中で沢山の人々に助けられ、また感動も貰って来ました。助けられた事は多くありすぎて書き表すにはいくらページが有っても足りませんが、感動という点では丸山珠輝さんとの出逢いが本当に素晴らしく特別なものでした。珠輝さんとの出逢いは福岡県博多のホテルでの展示会場で、私が若手のジュエリー作家として活動していた30年前の頃でした。

私の展示コーナーにお見えになった珠輝さんから「先生の自信作品を見せてくださいますか」とお願いされ私は新作のブラックオパールのペンダントをお見せしました。その作品を手で触った珠輝さんは「表面は華やかで虹色に輝いているのに裏側は暗いですね。仕上げは綺麗に磨かれていて触り心地がいいですね」とおっしゃってくださいました。この言葉を聞いた瞬間、私は鳥肌が立ち膝が震える程の感動を味わった事が今でも脳裏に蘇ってきます。自然が生み出した色にはそれぞれ違った熱が発せられているという事を聞いた事は有ったが、まさか本当に言い当てられるとは。珠輝さんには指先の鋭い触感だけではなく、心の眼があるのだろうと本当に感動させられました。この時を機に私のもの創りへの心構えが大きく変わりました。というか眼が覚めました。全ての人にも認めてもらえ、感動してもらえる作品を作らなければと、もの創りの原点に帰らせていただきました。その様な出逢いから今日まで長いお付き合いをさせていただいております。

生まれながら一筋の明かりも無い事としっかり向き合い、このような素晴らしい自伝を書き上げた珠輝さんの勇気と行動力に敬意を表します。この作品にはエネルギーが詰まっています。

この自伝を読まれた読者は珠輝さんの強い生きる姿勢に感動を覚える事でしょう。

著者紹介

丸山 珠輝（まるやま たまき）

1947年福岡県飯塚市に生まれる。
現在　鍼灸マッサージ業を営む。
趣味　動物とふれあうこと。古い玩具の収集。
　　　２級アマチュア無線技師。

心《こころ》に秘《ひ》めたオパールは虹色《にじいろ》の輝《かがや》き

2023年11月8日　第1刷発行

著　者　　丸山珠輝
発行人　　久保田貴幸

発行元　　株式会社 幻冬舎メディアコンサルティング
　　　　　〒151-0051　東京都渋谷区千駄ヶ谷4-9-7
　　　　　電話　03-5411-6440（編集）

発売元　　株式会社 幻冬舎
　　　　　〒151-0051　東京都渋谷区千駄ヶ谷4-9-7
　　　　　電話　03-5411-6222（営業）

印刷・製本　中央精版印刷株式会社
装　丁　　生地みのり

検印廃止

Printed in Japan
ISBN 978-4-344-94556-2 C0093
幻冬舎メディアコンサルティングHP
https://www.gentosha-mc.com/